갈매기

안톤 체호프 지음 | 홍기순 옮김

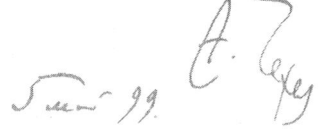

ЧАЙКА.

Комедія въ 4 дѣйствіяхъ.

ДѢЙСТВУЮЩІЯ ЛИЦА:

Ирина Николаевна Аркадина, по мужу Треплева, актриса.
Константинъ Гавриловичъ Треплевъ, ея сынъ, молодой человѣкъ.
Петръ Николаевичъ Сорина, ея братъ.
Нина Михайловна Заречная, молодая дѣвушка, дочь богатаго помѣщика.
Илья Афанасьевичъ Шамраевъ, поручикъ въ отставкѣ, управляющій у Сорина.
Полина Андреевна, его жена.
Маша, его дочь.
Борисъ Алексѣевичъ Тригоринъ, беллетристъ.
Евгеній Сергѣевичъ Дорнъ, врачъ.
Семенъ Семеновичъ Медвѣденко, учитель.
Яковъ, работникъ.
Поваръ.
Горничная.

Дѣйствіе происходитъ въ усадьбѣ Сорина. Между третьимъ и четвертымъ дѣйствіемъ проходитъ два года.

ДѢЙСТВІЕ I.

Часть парка въ имѣніи Сорина. Широкая аллея, ведущая (по направленію отъ зрителей) въ глубину парка къ озеру, загорожена эстрадой, наскоро сколоченной для домашняго спектакля, такъ что озера совсѣмъ не видно. Налѣво и направо у эстрады кустарникъ. Нѣсколько стульевъ, столикъ. Только что зашло солнце. На эстрадѣ, за опущеннымъ занавѣсомъ, Яковъ и другіе работники; слышатся кашель и стукъ. Маша и Медвѣденко идутъ слѣва, возвращаясь съ прогулки.

МЕДВѢДЕНКО.— Отчего вы всегда ходите въ черномъ?
МАША.—Это трауръ по моей жизни. Я несчастна.

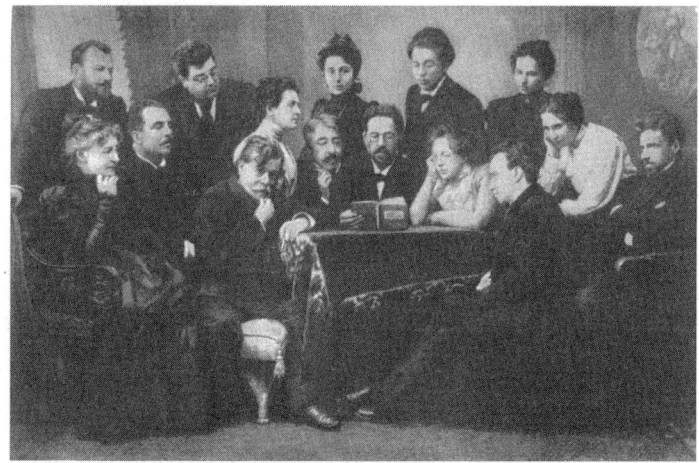

《러시아 사상지》에 발표한 〈갈매기〉와 체호프 친필사인(위).
아래는 체호프가 모스끄바 예술극장에서 배우들에게 갈매기를 읽어주는 모습.

차례

이 책을 읽는 분에게 · 7

CR80

등장 인물 · 12

제 1 막 · 13

제 2 막 · 50

제 3 막 · 78

제 4 막 · 104

작품론 · 141

연   보 · 168

일러두기

1. 번역된 체호프 작품 〈갈매기〉는 1974년부터 1983년에 걸쳐 러시아 '나 우까' 출판사에서 발간한 30권의 체호프 전집(체호프 작품들로 구성된 18권과 편지글로 구성된 12권) 중에서 희곡작품을 번역 저본으로 사용 했다.
2. 러시아어 표기는 원음에 가깝게 표기하는 것을 원칙으로 하고, 예외적으 로 몇몇 단어들만을 외래어 표기법에 따랐다.
   예) 원칙- 모스끄바, 뻬쩨르부르그, 꼬뻬이까, 똘스또이
   예외- 보드카, 트로이카, 페치카, 코냑, 안톤 체호프
3. 러시아 원문의 문장부호는 우리말의 문장부호로 문맥에 맞게 바꿨다.
4. 주석은 러시아의 문화를 느낄 수 있는 범위 내에서 달았으며, 주석에는 원주와 역자주가 있는데, 원주만을 밝혔다.

이 책을 읽는 분에게

안톤 체호프(1860~1904)는 1892년 모스끄바 근교의 멜리호보에 정착하여 왕성한 창작열로 〈6호실〉, 〈문학선생〉, 〈신학생〉, 〈다락방이 있는 집〉, 〈나의 삶〉, 〈갈매기〉, 〈농부들〉을 비롯하여 주옥 같은 작품들을 쓰는 한편 다양한 봉사활동을 펼쳤다. 농민들을 무료로 진료하고 똘스또이, 꼬롤렌꼬와 함께 기근과 콜레라 퇴치 자선사업을 펼치기도 했으며, 학교 병원 건립의 사회사업에도 힘썼다.

이 무렵에 쓰여진 희곡 〈갈매기〉는 1895년 11월 탈고하여 이듬해 12월 알렉산드린스끼 극장에서 초연되었다. 그 후 1898년 2월 모스끄바 예술극장에서 〈갈매기〉를 상연하여 대성공을 거두었다.

〈갈매기〉의 배경이 되는 곳은 호수가 있는 조용한 시골 마을이다. 젊은 시절에 상당히 유명했던 여배우 아르까지나가 자신의 애인인 통속작가 뜨리고린과 함께 고향집을 찾는다. 고향에는 그녀의 아들이자 극작가 지망생인 젊은 청년 뜨레쁠료프와 실패한 인생을 탓하며 무위도식하고 있는 늙은 오빠 소린이 살고 있다. 그 외에도 이 집에는 소린 집안의 집사인 융통성 없는 퇴역 중위 샴라예프, 그의 철없는 아내 뽈리나와 뜨레쁠료프를 향한 사랑에 목숨을 건 딸 마샤가 함께 살고 있다.

어느 날 이들은 뜨레쁠료프가 준비한 연극에 초대받는다. 뽈리나의 열렬한 사랑을 받는 동네 의사 도른과 마샤를 사랑하는 매력도 재미도 없는 남자, 교사 메드베젠꼬도 함께 초대받는다. 동네 지주의 딸인 아름다운 니나는 뜨레쁠료프의 연인으로 연극에 등장하는 유일한 배우다. 공연 도중 아들의 새로운 극작 시도를 히스테릭하게 받아들인 여배우 아르까지나는 결국 연극의 진행을 중단시키게 하는데, 이런 와중에서 만난 작가 뜨리고린과 니나는 첫눈에 사랑에 빠진다. 사랑하는 연인이었던 니나를 중년의 바람둥이 작가에게 빼앗기게 된 뜨레쁠료프가 작가에게 결투를 신청하게 되고, 아르까지나와 작가는 서둘러 시골을 떠난다. 그러나 니나와 사랑에 빠진 뜨리고린은 그녀와 도시에서 다시 만날 것을 약속하고 헤어진다.

세월이 흘러 뜨레쁠료프는 유명한 작가가 되었고, 그를 혼자서 짝사랑하던 마샤는 복수라고 여기면서 엉뚱하게도 교사 메드베젠꼬와 결혼을 하였고, 그런 상태에서도 여전히 뜨레쁠료프는 주위를 맴돌고 있다. 시골 영지에서 쓸데없이 고집과 허세만 부리는 집사 샴라예프와 무위도식으로 일관하는 소린, 약 대신 엉뚱한 철학과 잔소리만 늘어놓는 의사 도른의 일상적인 생활은 여전히 아무런 변화가 없다. 다만 니나는 도시로 떠나 바람둥이 작가 뜨리고린에게 버림받고 삼류 배우로 전전하고 다닌다는 불행한 소식만이 예전과 달라진 하나의 사건일 뿐이다. 니나는 뜨레쁠료프와 뜨리고린이 있는 시골 영지에 들르게 되고, 마침내 뜨레쁠료프는 니나를 만나 그녀가 여전히 뜨리고린을 사랑하고 있다는 사실을 확인한 후 절망감에 사로잡혀 총으로 자살하고 만다.

무언가 심상치 않은 일이 벌어졌음을 감지한 의사는 그 소리가 약병이 터지는 소리라고 둘러대고는 직접 확인을 위해 퇴장한다. 다시 등장한 의사는 뜨레쁠료프가 자살했음을 확인한 다음에도 아르까지나에게 충격을 주지 않으려고 그녀에게는 사실을 감추면서 무대는 조용히 막을 내린다.

체호프의 4대 희곡 중 하나인 〈갈매기〉에서는 '의복 혹은 의상'이라는 대상을 매개로 해서 체호프의 세계에 나타난 주인공의 내면세계, 가치관, 당대의 시대정신을 규명하고 찾아낼 수 있다. 나아가서 시대와 인간을 해석하고, 삶과 현실을 분석해 낼 수 있다.

〈갈매기〉는 전통적인 희곡의 진행 방식인 한 가지 사건이나 인물에 주목하지 않는다. 러시아 문학비평가 미르스끼는 체호프의 희곡에 대해 이렇게 정의한다. "그의 희곡 속에는 주제도 플롯도 행동도 없다. 체호프의 희곡은 피상적인 디테일로 구성되어 있으며, 그의 희곡들은 세계에서 가장 비극적이다."

하지만 〈갈매기〉에서는 러시아 시골 영지의 일상적인 삶의 단면이 그대로 드러나고 있기 때문에 오히려 모든 인물이 각각의 의미를 갖는다. 일상적 삶을 사실적으로 묘사하는 체호프의 희곡에는 긴장을 고조시키는 주된 사건도, 위대한 영웅 호걸도, 포악하고 간교한 악당도 등장하지 않으며, 선과 악의 대결구도나 선인과 악인의 갈등이나 대결이 표면적으로 드러나 보이지 않는다.

여기에는 각기 다른 색깔의 사랑 이야기들을 담고 있다. 어느 사랑 하나 정상적이거나 평탄하지가 않다. 이러한 사랑 이야기들은 등장인물들을 씨줄과 날줄로 엮으면서 모든 인물들이 각각 나름의 색깔과 무게를 지닌다. 또한 그들이 서로 사랑하고, 미워하고 갈등하고, 자신의 세계 속에 고립되는 모습들을 통해 호숫가를 맴돌며 물을 떠나서는 살 수 없는 갈매기를 떠올리게 만든다.

편 집 부

갈매기

4막 희극

АРКАДИНА. Нѣтъ. [накладываетъ новую повязку]

ТРЕПЛЕВЪ. Двѣ балерины жили тогда въ томъ же домѣ, гдѣ мы. Ходили къ тебѣ кофе пить...

АРКАДИНА. Это помню.

ТРЕПЛЕВЪ. Богомольныя онѣ такія были. [пауза] Въ послѣднее время, вотъ въ эти дни я люблю тебя такъ же нѣжно и беззавѣтно, какъ въ дѣтствѣ. Кромѣ тебя, теперь у меня никого не осталось. Только зачѣмъ, зачѣмъ *ты такъ и* между мной и тобой сталъ этотъ человѣкъ?

АРКАДИНА. Ты не понимаешь его, Константинъ. Это благороднѣй-шая личность.

ТРЕПЛЕВЪ. Однако, когда ему доложили, что я собираюсь вы-звать его на дуэль, благородство не помѣшало ему сыграть труса. Уѣзжаетъ. Позорное бѣгство.

АРКАДИНА. Какой вздоръ. Я сама *прошу уѣхать* его отсюда. ~~Наша близ-зость, конечно, не можетъ тебѣ нравиться, но ты уменъ и интел-лигентенъ, и имѣю право требовать отъ тебя, чтобы ты уважалъ мою свободу.~~

ТРЕПЛЕВЪ. ~~Я уважаю твою свободу, но и ты позволь мнѣ быть свободнымъ и относиться къ этому человѣку, какъ я хочу.~~ Благород-нѣйшая личность. Вотъ мы съ тобой почти ссоримся изъ за него, а онъ теперь гдѣ нибудь въ гостинной, или въ саду, смѣется *надо* ~~мной и надъ тобой~~, развиваетъ Нину, старается окончательно убѣ-дить ее, что она генiй.

АРКАДИНА. Для тебя наслажденiе говорить мнѣ непрiятности. Я уважаю этого человѣка и прошу при мнѣ не выражаться о немъ дур-но.

«ЧАЙКА».

Листъ 37 цензурного экземпляра пьесы
съ поправками въ текстѣ III акта.

등장인물

이리나 니꼴라예브나 아르까지나 남편의 성[1]에 따라 뜨레쁠료바, 여배우

꼰스딴찐 가브릴로비치 뜨레쁠료프[2] 이리나의 아들, 청년

뾰뜨르 니꼴라예비치 소린 이리나의 오빠

니나 미하일로브나 자레츠나야 젊은 처녀, 부유한 지주의 딸

일리야 아파나시예비치 샴라예프 소린의 영지를 관리하는 퇴역 육군 중위

뽈리나 안드레예브나 샴라예프의 아내

마샤 샴라예프의 딸

보리스 알렉세예비치 뜨리고린 소설가

예브게니 세르게예비치 도른 의사

세묜 세묘노비치 메드베젠꼬 교사

야꼬프 일꾼

요리사/하녀

---

1 러시아에서 여성은 결혼을 하게 되면, 일반적으로 처녀 때까지 사용하던 원래의 성 대신에 남편의 성을 따른다.

2 뜨레쁠료프 Треплёв는 러시아의 전형적인 성性 중의 하나로, 기존의 체호프 번역서에서 뜨레쁠레프(혹은 뜨레플레프)로 번역되어 있으나, 이는 잘못된 표기이다. 러시아에서 흔히 "요(ё)"를 "예(e)"로 표기하는 경향에 따른 오기임을 밝혀둔다. 따라서 뜨레쁠료프Треплёв의 아내는 여성형의 성으로 뜨레쁠료바Треплёва가 정확한 표기이다. 마찬가지로 샴라예프 Шамраев의 경우도 기존의 번역서에는 영어식 발음 표기에 따라 샤므라예프로 되어 있는 경우들이 많으나 이는 잘못된 표기이다.

사건은 소린의 대저택에서 일어난다. — 3막과 4막 사이에 2년 이 흐른다.

제 1 막

소린 영지에 있는 정원의 일부이다. 객석에서 정원의 안쪽, 호수로 향한 넓은 오솔길은 가정극을 위해 서둘러 만든 가설무대로 가려져 있고, 그 때문에 호수는 전혀 보이지 않는다. 무대의 좌우쪽에는 관목 숲이 있다.

의자 몇 개와 작은 탁자 하나가 있다.

이제 막 해가 졌다. 커튼으로 가려져 있는 무대에 야꼬프와 다른 일꾼들이 있다. 기침소리와 무엇인가를 두드리는 소리가 들린다. 산책을 하고 돌아오는 마샤와 메드베젠꼬가 왼쪽에서 등장한다.

메드베젠꼬 당신은 왜 항상 검은 옷을 입고 다니세요?

마샤 이건 내 인생의 상복이에요. 나는 지금 불행해요.

메드베젠꼬 왜요? (생각에 잠겨) 이해할 수 없군요…… 당신은
건강하고, 당신 아버지는 부자는 아니지만, 생활
하는 데 있어서 모자람이 없잖아요. 그에 비하면,
나는 당신보다 훨씬 어렵게 살고 있지요. 나는 한
달에 23루블밖에 못 받는데, 거기다가 퇴직 적립
금까지 공제하고 있지만, 그럼에도 나는 상복을
입지는 않지요.

두 사람이 앉는다.

마샤 문제는 돈이 아니에요. 가난한 사람도 행복할 수
있어요.

메드베젠꼬 그것은 이론뿐이지, 실제로는 그렇지가 않지요.
저와 어머니, 두 누이동생과 남동생이 사는데, 월
급은 다해야 23루블이지요. 알다시피 먹기도 하고
마시기도 해야죠? 차와 설탕도 있어야죠? 담배도
필요하죠? 그러다 보니 이렇게 쩔쩔 매는 거지요.

마샤 (가설무대 쪽을 돌아다보며) 곧 연극이 시작되겠
군요.

메드베젠꼬   네. 자레츠나야가 연기하고, 꼰스딴찐 가브릴로비
          치가 희곡대본을 썼지요. 두 사람은 서로 사랑하
          는 사이인데, 오늘은 두 사람의 영혼이 하나의 예
          술적 형상을 창조하려는 열망 속에서 결합할 겁
          니다.
          하지만 당신과 내 영혼 사이에는 공통된 접촉점
          이 없어요. 나는 당신을 사랑하고, 그리움 때문에
          집에 앉아 있지를 못하고, 매일 이곳까지 6베르스
          따верста[3]를 걸어왔다가, 다시 그 길을 걸어서 돌
          아가지만, 당신에게서 저는 냉담함만을 접하는군
          요. 이해할 수 있어요. 나는 재산도 없고, 대가족
          이니…… 자기 먹을 것도 없는 사람한테 어느 누
          가 시집을 오고 싶겠어요?
미샤   쓸데없는 소리 마세요. (담배 냄새를 맡는다) 당신
          의 사랑은 저를 감동시키지만, 저는 그 사랑에 보
          답할 수가 없어요, 단지 그 뿐이에요. (담뱃갑을 그
          에게 내민다) 자, 피우실래요?
메드베젠꼬   생각 없습니다.

---

3 미터법 시행 이전 러시아의 거리 단위로 1베르스따는 1.067킬로미터에 해
  당함.

(사이)

마샤   이렇게 무더우니, 오늘 밤에는 한바탕 소나기가
      올 것 같아요…… 당신은 항상 철학을 논하거나,
      돈에 대해서 이야기를 해요. 당신은 세상에서 가
      난만큼 불행한 것은 없다고 생각하지만, 저는 누
      더기 옷을 걸치고 구걸하는 것이 천 배는 더 마음
      편할 것 같다고 생각해요…… 당신은 이것을 이해
      하지 못하시겠지만…….

오른쪽에서 소린과 뜨레쁠료프가 등장한다.

소린   (지팡이에 몸을 의지하며) 얘야, 왜 그런지 나는 시
      골 생활이 불편하다, 당연한 일이겠지만, 나는 시
      골생활에 익숙해질 것 같지가 않구나. 어젯밤 10
      시에 잠자리에 들어서 오늘 아침 9시에 일어났는
      데, 너무 많이 자서인지, 뇌가 두개골에 꽉 달라
      붙어버린 것 같은 그런 기분이구나.
      (웃는다) 점심을 먹은 후에 다시 졸았더니, 지금 나
      는 아주 녹초가 되어, 악몽을 꾸는 것 같단 말이
      야. 결국…….

뜨레쁠료프   맞아요, 외삼촌은 도시에서 사셔야 되요. (마샤와 메드베젠꼬를 보고) 여러분, 시작하게 되면 당신들을 부르지요, 지금은 여기 계시면 안 됩니다. 제발, 나가 주세요.

소린   (마샤에게) 마리야 일리니치나, 제발 부탁인데, 당신 아버지에게 개를 풀어놓으라고 말해 줘요, 안 그러면 개가 짖어댈 거예요. 누이동생은 또 밤새 잠을 못 잤어요.

마샤   제 아버지에게 직접 말씀드리세요, 저는 말하지 않겠어요. 죄송합니다. (메드베젠꼬에게) 자, 가요!

메드베젠꼬   (뜨레쁠료프에게) 그럼 시작하기 전에 알려 주십시오.

두 사람이 퇴장한다.

소린   그렇다면 또 밤새도록 개가 짖어대겠군. 나는 시골에서 내가 원하는 대로 살았던 적이 한 번도 없어. 예전에 28일간 휴가를 얻어, 쉬려고 여기로 온 적이 있었지, 그런데 여러 사소한 일들로 골치가 아파서, 도착한 첫날부터 멀리 떠나고 싶었으니까. (웃는다) 나는 여기를 떠날 때는 항상

기쁘게 떠났지…… 하지만, 지금은 퇴직해서 아
무 데도 갈 곳이 없으니. 좋건 싫건 간에, 살아야
지…….

야꼬프 (뜨레쁠료프에게) 꼰스딴찐 가브릴르이치[4], 저희들
은 목욕하고 오겠습니다.

뜨레쁠료프 좋아, 그러나 10분 후에는 제자리에 있어야 해.
(시계를 본다) 곧 시작할 거야.

야꼬프 알겠습니다. (퇴장한다)

뜨레쁠료프 (가설무대를 둘러보고) 자, 바로 여기가 극장이에
요…… 무대의 커튼이 있고, 첫번째 옆 무대와 두
번째 옆 무대가 있으며, 그 뒤로는 텅 빈 공간이
죠. 무대 장치는 전혀 없어요. 호수와 수평선 위에
전망이 그대로 펼쳐지는 거죠. 달이 떠오르는 8시
30분 정각에 무대의 커튼이 오를 겁니다.

소린 아주 훌륭하구나!

뜨레쁠료프 만일 자레츠나야가 늦게 오면, 물론 이 모든 효과
는 망치고 말지요. 그녀가 이미 도착했어야 할 시
간인데. 아버지와 계모가 그녀를 감시하고 있어

---

4 희곡의 주인공의 공식적인 이름-부칭父稱-성性은 '꼰스딴찐 가브릴로비치
뜨레쁠료프'이다. 그러나 러시아인들이 대화하면서 이름을 애칭으로 줄여
부르는 것처럼, 주인공의 부칭인 '가브릴로비치'를 약칭하여 '가브릴르이
치'라고 부르기도 한다.

서, 집에서 빠져 나오기가 감옥에서 빠져나오는 것만큼이나 힘들죠. (외삼촌의 넥타이를 고쳐준다) 외삼촌의 머리와 수염이 다 부스스해요. 이발을 좀 하셔야겠어요…….

소린   (수염을 쓰다듬으며) 내 인생의 비극이야. 나는 젊었을 때도 항상 술에 흠뻑 취한 사람 같은 이런 외모였지. 나는 한 번도 여자에게 사랑을 받아본 적이 없다. (앉으면서) 누이가 왜 기분이 좋지 않은 거니?

뜨레쁠료프   왜냐고요? 무료해서 그러신 거죠. (나란히 앉으면서) 질투하시는 거예요. 어머니는 출연하는 것이 자신이 아니고 자레츠나야이기 때문에, 나에 대해서나 연극에 대해서, 심지어 내 희곡에 대해서도 적대적이세요. 내 희곡을 알지도 못하면서 이미 싫어하시거든요.

소린   (웃으며) 네가 그렇게 생각하는 거로구나, 그래…….

뜨레쁠료프   이 작은 무대에서 당신이 아니라 자레츠나야가 성공을 거두는 것이 화가 나는 모양이에요. (시계를 보며) 우리 어머니는 심리학적 연구 대상감이에요. 아주 재능 있고, 현명하며, 책을 읽고 눈물 흘

릴 줄도 알고, 네끄라소프[5]의 시를 전부 암기하고,
천사처럼 병든 사람들을 간호하기도 하지요. 하지
만 어머니 앞에서 두제[6]를 칭찬해 보세요. 어휴!
당신에게만 찬사를 보내야 하고, 당신에 대해서만
써야 하고, 《라 담 오 까멜리아La Dame aux came
lias》[7]나 《인생의 아귀다툼Чад Жизни》에서 하시는
당신의 훌륭한 연기에 대해서만 소리치고 열광해
야 하는데, 이곳 시골에는 그런 마취제가 없기 때
문에, 어머니는 저렇게 따분해 하면서 화를 내고,
우리 모두가 당신의 적이 되고, 우리 모두가 죄가
있는 거죠. 게다가 어머니는 미신을 믿고 있어서,
초 세 자루와 13이라는 숫자를 무서워하죠. 어머
니는 인색해요. 어머니에게는 오데사[8]의 은행에 7
만 루블이 있어요. 나는 이것을 확실히 알아요.
하지만 어머니한테 돈을 빌려달라고 해 보세요.
곧 우는 소리를 할 겁니다.

소린　　　너는 너의 희곡이 네 어머니 마음에 안 든다고 생

---

5 19세기에 활동한 러시아의 출판 저널리스트이자, 대표적인 민중시인, 대표적
　인 시집으로 《누구에게 러시아는 살기 좋은가》, 《동장군, 빨간 코》, 《방물장
　수》 등이 있다.
6 이탈리아 출신으로 세계적인 명성을 얻은 여배우.
7 프랑스어로 《춘희Дама скамелиями》를 의미한다.
8 현재는 우크라이나의 도시로 흑해 연안에 자리하고 있음.

각하고는, 모든 것을 걱정하고 있구나. 진정해라, 너의 어머니는 너를 사랑한다.

뜨레쁠료프 (꽃잎을 뜯으면서) 사랑한다, 사랑하지 않는다, 사랑한다, 사랑하지 않는다, 사랑한다, 사랑하지 않는다. (웃는다) 보세요, 어머니는 저를 사랑하지 않아요. 그렇지요! 어머니는 생활하면서, 사랑하고, 화려한 옷을 입고 싶어 하시지만, 저는 벌써 스물 다섯 살이나 되었고, 그래서 저는 항상 당신이 젊지 않다는 것을 상기시키는 거죠. 제가 없다면 어머니는 단지 서른두 살이지만, 제가 있음으로 해서 마흔셋이 되니, 어머니는 저를 증오하는 거예요. 게다가 어머니는 제가 극장을 인정하지 않는다는 걸 아세요. 어머니는 극장을 사랑하고, 당신이 인류애와 신성한 예술에 봉사하고 있다고 생각하지만, 제 생각에 현대의 극장은 구습舊習과 편견에 사로잡혀 있어요. 무대의 막이 오르면 저녁의 어스름 빛 아래, 3면의 벽으로 된 방안에서 이 위대한 예술가들이자, 신성한 예술의 봉사자들은 사람들이 어떻게 먹고, 마시고, 사랑하고, 거닐고, 옷을 입고 다니는지 표현할 때, 저속한 장면과 대사들 중에서, 일상적인 삶을 살아가는데 있어 유용하고 알기 쉬운 작은 도덕심을 낚아 올리려고 노력할 때, 수천 개의 다른 변형들이 나에게 가져다주는 것이 항상 같은 것, 다 똑같은 것일 때는 마치 모파상이 자신의 뇌를 짓누르고 있는 에펠탑의 평범함에 식상해서 탑으로부터 도망쳤듯이, 저도 그저 도망치고 또 도망치는 것이지요.

소린 극장이 없어서는 안 되지.

뜨레쁠료프 새로운 형식이 필요하지요. 새로운 형식이 필요하고, 만일 그게 없다면, 차라리 아무것도 없는 게 더 나아요. (시계를 본다) 나는 어머니를 사랑해요, 매우 사랑해요. 하지만 어머니는 무의미한 인생을 살면서, 항상 그 소설가와 같이 다니면서, 자신의 이름을 신문에 오르내리게 하는데, 이런 것들이 저를 피곤하게 해요. 가끔씩 내 마음속에서 인간의 단순한 에고이즘이 이렇게 말하지요. 내 어머니가 유명한 여배우라는 게 안타깝고, 그 분이 평범한 사람이었더라면, 내가 더 행복했을 거라고요. 외삼촌, 이보다 더 슬프고 바보 같은 상황이 있을 수 있어요. 한때 어머니의 응접실에는 온갖 유명인사들, 배우, 작가들이 모여들었는데, 그 중에서 나 혼자만 아무것도 아니면서, 단지 내가 어머니의 아들이라는 이유 하나로 기꺼이 받아들여졌지요. 나는 누구지요? 나는 무엇인가요? 소위 말하는 어쩔 수 없는 상황 때문에 대학교 3학년에서 그만두고 뛰쳐나왔는데, 객관적인 상황에 맞춰 살펴보면, 저는 아무런 재능도 없고, 돈도 한 푼도 없으며, 여권으로 판단해 보면, 끼예프의 소시민일 뿐이지요. 비록 아버지 역시 유명한 배우였지만, 아시는 것처럼 끼예프의 소시민이었잖아요. 그래서 말인데요, 어머니의 응접실에서 그 모든 작가들과 배우들이 나에게 호의적인 관심을 보여줄 때면, 그들의 시선이 나의 초라함을 측정하고 있는 것처럼 여겨졌어요. 나는 그들의 생각을 헤아리면서 모욕감으로 인해 괴로워했지요…….

소린   마침 말이 나왔으니 말인데, 그 소설가는 어떤 사람이니? 도무지 알 수가 없더라. 항상 말이 없어서.

뜨레쁠료프   현명하고 단순한 편인데, 약간은 우울한 사람이에요. 꽤나 점잖은 사람이에요…… 아직 마흔 살도 채 안 되는데, 벌써 유명해졌으니, 모든 게 다 귀찮겠지요…… 그 사람의 작품은…… 글쎄, 뭐라고 할까요? 매력 있고, 재능도 있지만…… 똘스또이

나 졸라를 읽은 후에 뜨리고린의 작품을 읽고 싶
지는 않지요.

소린   하지만 애야, 나는 작가가 좋아. 언젠가 한때 나는
두 가지 일을 너무나 하고 싶었단다. 결혼하는 것
과 작가가 되는 것이었는데, 이도 저도 다 실패했
지. 그래. 결국에 변변치 않는 작가라도 되었으면
좋았을 텐데.

뜨레쁠료프   (귀를 기울인다) 발소리가 들려요…… (외삼촌을 껴
안는다) 나는 그녀 없이는 살 수 없어요…… 그녀
의 발소리조차 아름다워요…… 나는 미칠 정도로
행복해요! (들어오는 니나 자레츠나야를 맞이하러 재
빨리 간다) 마법사, 나의 희망…….

니나   (흥분하여) 제가 늦지 않았지요…… 물론 늦지 않
았지요…….

뜨레쁠료프   (그녀의 손에 입을 맞추며) 아니요, 아니요, 아니요.

니나   저는 하루 종일 걱정되고, 너무나 두려웠어요!
아버지가 보내주지 않을까 두려웠어요…… 그런
데 아버지는 지금 새어머니와 함께 외출을 했어
요. 하늘이 붉게 물들고, 달이 벌써 떠오르기 시
작해서, 저는 정신없이 말을 몰고, 또 몰았어요.
(웃는다) 하지만 저는 기뻐요. (소린의 손을 힘껏 잡

는다)

소린 (웃는다) 눈이 울어서 부은 것 같은데…… 허-허!
그러면 안 되지!

니나 이건 아무것도…… 보세요, 제가 얼마나 숨이 차
하는지. 반 시간 후에는 제가 돌아가야 하니, 서
둘러야만 해요, 안 돼요, 안 돼요, 제발이지 붙잡
지 마세요. 여기에 제가 있는 것을 아버지는 모
르세요.

뜨레쁠료프 이제 정말 시작할 시간입니다. 가서 모두를 불러
와야겠어요.

소린 내가 모두를 부르러 다녀오마. 지금 바로. (오른편
으로 가면서 노래한다) "프랑스를 향해 두 명의 척
탄병이……" (돌아본다) 언젠가 내가 이 노래를 시
작했더니, 한 동료 검사가 이렇게 나에게 말했지.
'각하, 당신의 목소리는 힘이 넘쳐납니다…….' 그
다음에 잠깐 생각하더니, 이렇게 덧붙이더구나.
'하지만…… 끔찍하군요.' (웃으며 퇴장한다)

니나 아버지와 새어머니는 제가 이곳에 오는 것을 허락
하지 않아요. 이곳에 보헤미안들이 있다고들 말
하거든요…… 제가 배우라도 될까봐 걱정을 하세
요…… 그래도 저는 갈매기처럼 이 호수에 끌려

요…… 제 마음은 당신으로 가득 차 있어요. (주위를 살펴본다)

뜨레쁠료프 우리뿐이에요.

니나 저기 누가 있는 것 같아요.

뜨레쁠료프 아무도 없어요. (키스한다)

니나 이것은 무슨 나무지요?

뜨레쁠료프 느릅나무예요.

니나 왜 저렇게 까맣지요?

뜨레쁠료프 벌써 저녁이니까, 모든 게 다 까맣게 보이지요. 일찍 돌아가지 말아요, 제발 부탁이에요.

니나 안 돼요.

뜨레쁠료프 그럼, 내가 당신 집으로 가면 어때요, 니나? 나는 밤새도록 정원에 서서 당신의 창문을 바라보고 있겠어요.

니나 안 돼요. 파수꾼이 당신을 발견할 거예요. 뜨레조르도 아직 당신과 친해지지 않아서, 짖어 댈 거예요.

뜨레쁠료프 나는 당신을 사랑해요.

니나 쉿…….

뜨레쁠료프 (발소리를 듣고) 거기 누구야? 야꼬프, 자네인가?

야꼬프 (가설무대 뒤에서) 예, 그렇습니다.

뜨레쁠료프 제자리에 가 있게. 시간이 됐어. 달이 떴어?

야꼬프 예, 그렇게 하지요.

뜨레쁠료프 알코올은 있나? 유황은? 붉은 두 눈이 보여질 때, 유황냄새가 나야 해. (니나에게) 자, 가요. 저기에 모든 것이 다 준비되어 있어요. 당신 떨려요?…….

니나 예, 무척. 당신 어머니는 아무렇지도 않아요, 그녀는 조금도 무섭지 않지만, 당신 집에 뜨리고린이 있어서…… 그 사람 앞에서 연기하는 게 무섭고 부끄러워요…… 유명한 작가잖아요…… 그는 젊은가요?

뜨레쁠료프 그래요.

니나 그의 단편들은 정말 훌륭해요!

뜨레쁠료프 (차갑게) 모르겠어요, 읽지를 않아서.

니나 당신의 희곡은 연기하기가 힘들어요. 거기에는 살아있는 인물이 없어요.

뜨레쁠료프 살아있는 인물! 삶은 있는 그대로도 아니고, 있어야만 하는 그대로 표현하는 것도 아니며, 꿈속에서 상상하는 삶 그 자체를 표현해야만 하는 겁니다!

니나 당신 희곡은 움직임이 적고, 말뿐이에요. 제 생각에 희곡에서는 반드시 사랑 이야기가 있어야 할 것 같아요…….

두 사람이 가설무대 뒤로 사라진다.

뽈리나 안드레예브나와 도른이 등장한다.

뽈리나 안드레예브나 점점 습해지네요, 가서 덧신을 신고 오
　　　　　　　　　세요.

도른　　　　나는 더워요.

뽈리나 안드레예브나 당신은 자기 몸을 아끼지 않아요. 이런 것
　　　　　　　　　이 괜한 고집이라는 거예요. 당신이 의사 선생님
　　　　　　　　　이니까, 습한 공기가 당신한테 해롭다는 것을 잘
　　　　　　　　　알면서도, 제가 걱정하기를 바라는 거지요. 당신
　　　　　　　　　은 일부러 어제 저녁에도 내내 테라스에 앉아 계
　　　　　　　　　셨어요…….

도른　　　　(노래한다) "청춘이 너를 망쳐버렸다고, 말하지
　　　　　　　　　마오."[9]

뽈리나 안드레예브나 당신은 이리나 니꼴라예브나와 이야기하
　　　　　　　　　는 것에 정신이 팔려서…… 추운 것도 잊고 있더
　　　　　　　　　군요. 솔직히 인정하세요, 당신이 그분을 좋아한
　　　　　　　　　다는 것을…….

─────────────
9 러시아 시인 네끄라소프 Н. Некраcoв 의 시 중 한 구절.

도른   나는 쉰다섯 살이요.

뽈리나 안드레예브나 무슨 쓸데없는 소리예요. 남자들에게 그
          나이는 늙은 게 아니에요. 당신은 고상하게 나이
          들어서, 아직도 여자들이 좋아해요.

도른   그래 당신은 뭘 더 원하시는데요?

뽈리나 안드레예브나 여배우라고 하면 당신들은 모두 넙죽 엎
          드릴 준비가 되어 있지요, 모두 다!

도른   (노래한다) "나는 또다시 그대 앞에서……."[10] 만약
          어느 사회에서 사람들이 배우를 사랑하여, 그들
          을 대하는 데 있어, 예를 들어, 상인들과 다르게
          대하는 것은 당연한 일이에요. 그것은 이상주의
          에요.

뽈리나 안드레예브나 여자들이 항상 당신에게 반해서, 목에 매
          달리지요. 이것도 역시 이상주의인가요?

도른   (어깨를 으쓱하고) 그게 어때서요? 나에 대한 여자
          들의 태도에는 많은 좋은 것들이 있었어요. 여자
          들이 나를 사랑했던 것은 훌륭한 의사였기 때문이
          지요. 당신도 알다시피, 10년이나 15년 전만 해도,
          나는 이 현縣 전체에서 매우 신뢰할 만한 유일한
          산부인과 의사였으니까. 그리고 나는 항상 정직한

---
10 러시아 시인 끄라소프 В. Красов 의 시 중 한 구절.

사람이었고요.

뽈리나 안드레예브나 (그의 손을 잡고) 내 소중한 사람!

도른　　조용해요. 사람들이 와요.

소른과 팔짱을 끼고 아르까지나, 뜨리고린, 샴라예프. 메드베젠꼬, 마샤가 등장한다.

샴라예프　1873년 뽈따바 정기시장定期市場의 공연에서 그 여자는 아주 빼어난 연기를 했지요. 감탄 그 자체였지요! 놀라운 명연기였어요! 그런데 혹시 희극 배우인 차진, 빠벨 세묘니치가 지금 어디에 있는지 아십니까? 그의 라스쁠류예프[11] 역은 감히 흉내 낼 수 없지요, 사도프스끼[12] 보다 훨씬 훌륭했지요, 당신에게 맹세할 수 있습니다, 부인. 그 사람은 지금 어디에 있습니까?

아르까지나　당신은 언제나 구시대의 케케묵은 배우들에 대해 묻는군요. 내가 어떻게 알겠어요! (앉는다)

샴라예프　(한숨을 쉬면서) 빠쉬까 차진! 요즘에는 그런 배우가 없어요. 무대가 한물갔어요, 이리나 니꼴라예

---

11 수호보-까브일린의 희곡 《끄레친스끼의 결혼》에 등장하는 인물.
12 모스끄바 말르이 극장의 배우로 1832년에 사망.

브나! 예전에는 강대한 참나무들이 있었지만, 지금 우리는 그루터기들만 볼 뿐입니다.

도른 요즘은 찬란하게 빛나는 뛰어난 재능의 배우가 적은 것은 사실이지만, 중간급 배우는 훨씬 더 좋아졌어요.

샴라예프 저는 당신에게 동의할 수 없습니다. 게다가 이것은 취향의 차이니까요. 데 구스티부스 아우트 베네, 아우트 니힐(De gustibus aut bene, aut nihil).[13]

트레쁠료프가 가설무대에 등장한다.

아르까지나 (아들에게) 내 사랑하는 아들아, 그래 언제쯤 시작할 거니?

뜨레쁠료프 이제 곧 시작합니다. 조금만 참으세요.

아르까지나 (햄릿의 대사를 외운다) "내 아들아! 너는 내 눈으로 영혼 속을 들여다보게 해서, 내가 이런 피투성이 속에, 죽음의 재난 속에 있는 내 영혼을 보게 하였는데, 구원할 길이 없구나!"

---

13 라틴어로 '취향에 대해서는 좋든가 아니면 괜찮든가'의 의미이다. 이는 두 개의 고대 로마의 금언을 합한 것으로, '취향에 대해서는 논쟁하지 말라'와 '죽은 사람에 대해서는 좋거나 괜찮거나'의 변형이다.

뜨레쁠료프   (햄릿 중에서) "왜 당신은 악덕에 몸을 맡기고, 죄
          악의 심연 속에서 사랑을 찾으셨습니까?"

     가설무대 뒤에서 뿔피리를 연주한다.
     여러분, 시작합니다! 주목해 주세요!

     (사이)

          제가 시작하겠습니다. (작은 단장으로 툭툭 두드리
          며 큰소리로 말한다) 오, 그대들, 이 호수 위를 밤마
          다 배회하는 존경하는 옛 그림자들이여, 우리를
          잠들게 하라, 그리고 우리에게 20만년 뒤에 있을
          광경을 꿈꾸게 하라!
소린   20만년 후에는 아무것도 없을 거다.
뜨레쁠료프 바로 그 아무것도 없는 것을 우리에게 보여 달라
          는 거예요.
아르까지나 그렇게 해봐라. 우리는 잠이나 잘 테니.

     막이 오른다. 호수의 풍경이 펼쳐진다. 수평선 위에 달이 있
고, 물 속에도 달의 그림자가 보인다. 커다란 바위 위에 온통 흰
옷을 입은 니나 자레츠나야가 앉아 있다.

니나   인간, 사자, 독수리, 뇌조, 뿔 달린 사슴, 거위, 거미, 물 속에 사는 말 없는 물고기, 바다의 불가사리, 그리고 눈으로 볼 수 없는 것들까지, 한 마디로 모든 생명, 모든 생명은 모두 슬픈 순환을 마치고 사라져 버렸다…… 지구상에 어떠한 생명체도 존재하지 않은 지 벌써 수천 세기나 되었지만, 저 가련한 달은 부질없이 자신의 등불을 밝히고 있다. 초원에서는 이미 학들의 울음소리로 잠을 깨는 일도 없고, 보리수 숲에서도 5월의 딱정벌레 소리도 들리지 않는다. 춥다, 춥다, 춥다. 텅 비었다, 텅 비었다, 텅 비었다. 두렵다, 두렵다, 두렵다.

(사이)

생명체의 몸은 먼지 속에 사라지고, 영원한 물질은 그것들을 돌, 물, 구름으로 바꾸었지만, 그것들 모두의 영혼은 하나로 결합되었다. 전 세계의 영혼 – 그것은 나…… 바로 나다…… 내 속에는 알렉산더 대왕, 시저, 셰익스피어, 나폴레옹, 그리고 가장 하등한 거머리의 영혼까지도 들어 있다. 내 속에는 인간의 의식이 동물의 본능과 결합되어 있고, 나는 이 모든 것을, 모든 것을, 모든 것을 기억하고 있으며, 그리고 나는 내 속에 있는 이 하나하나의 삶을 새롭게 체험하고 있다.

소택지의 인광燐光이 나타난다.

아르까지나   (작은 소리로) 이건 어쩐지 좀 퇴폐적이네.

뜨레쁠료프   (비난을 섞어 애원하듯이) 어머니!

니나   나는 혼자다. 백년에 한 번 말하기 위해 나는 입을 열고, 내 목소리는 이 공허 속에서 쓸쓸히 울리지만, 아무도 듣지 않는다…… 그래 당신들, 창백한 불들도, 내 말을 듣지 않는다…… 새벽녘에 썩은 늪이 그대들을 낳으면, 그대들은 아침 햇살이 비칠 때까지 방황하지만, 사상도, 의지도, 생명의 약동도 없다. 그대들 속에서 생명이 눈뜨는 것이 두려워, 영원한 물질의 아버지인 악마가 그대들에게, 돌이나 물에서처럼, 매순간 원자의 변환을 행하고 있어서, 그대들 역시도 끊임없이 변화하고 있다. 전 우주에서 영구불변한 것으로 남아 있는 것은 오직 영혼뿐이다.

(사이)

> 텅 빈 깊은 우물 속에 던져진 포로처럼, 내가 어디에 있는지 그리고 무엇이 나를 기다리고 있는지 나는 알지 못한다. 단 하나 내게서 감추어져 있지 않는 것은, 물질적 힘의 근원인 악마와의 집요하고 치열한 싸움에서 내가 승리하도록 예정되어져 있으며, 그 후에 물질과 영혼이 아름다운 조화 속에서 융합되어 세계 의지의 왕국이 도래한다는 것뿐이다. 하지만 이것은 단지 길고 긴 몇천 년이 조금씩 흘러, 달도, 찬란한 시리우스도, 지구도 모두가 먼지로 변한 뒤에야 비로소 올 것이다…… 그때까지는 공포, 공포다…….

(사이). 호수의 배경에 두 개의 빨간 점이 나타난다.

> 바로 저기 나의 강력한 적, 악마가 다가오고 있다. 나는 그의 무서운 시뻘건 두 눈을 보고 있다…….

아르까지나 유황냄새가 나는구나. 이런 것이 필요하니?

뜨레쁠료프 그래요.

아르까지나 (웃으며) 그래, 이것이 무대 효과로구나.

뜨레쁠료프 어머니!

니나 그는 인간이 없어서 무료하다…….

뽈리나 안드레예브나 (도른에게) 모자를 벗으셨군요. 쓰세요,
그렇지 않으면 감기 들어요.

아르까지나 이것은 의사 선생님이 영원한 물질의 아버지인,
악마 앞에서 모자를 벗은 거예요.

뜨레쁠료프 (발끈 화를 내며, 큰소리로) 연극은 끝났어! 충분해!
막을 내려!

아르까지나 왜 그렇게 성을 내니?

뜨레쁠료프 됐어요! 막! 막을 내리라니까! (발을 구르며) 막을
내려!

　　　막이 내려간다.

　　　실례했습니다! 희곡을 쓰고 무대에서 공연하는 것
　　　이 소수의 선택된 사람들만의 것이라는 사실을 제
　　　가 깜빡 잊었어요. 제가 그 독점권을 침범했습니
　　　다. 제게는…… 저는……. (무슨 말을 더 하려다가
　　　손을 내젓고, 왼쪽으로 퇴장한다)

아르까지나 저 아이가 왜 저러죠?

소린 이리나, 젊은 아이의 자존심을 그렇게 상하게 하

는 게 아냐.

아르까지나   내가 저 아이에게 뭐라고 했어요?

소린   너는 저 아이를 모욕했어.

아르까지나   저 아이 스스로 이것이 소극笑劇이라고 미리 언급해서, 나도 그의 이 연극을 소극처럼 그렇게 대한 거예요.

소린   그렇다고 해도······.

아르까지나   이제 보니 저 아이가 위대한 작품을 썼다는 것이군요! 말씀 좀 해보세요! 그러니까 저 아이가 이 연극을 만들고 유황을 뿌렸던 건 장난이 아니라, 시위를 하기 위해서였어요······ 저 아이는 우리에게 어떻게 쓰고, 어떻게 연기해야 하는지를 가르치고 싶었던 거군요. 정말이지 이런 것에 진력이 나요. 오빠가 알다시피, 이렇게 끊임없이 나에 대해 공격하고 빈정거리고 한다면, 누구라도 신물이 날 거예요! 저렇게 변덕스럽고 자존심이 센 어린 애라니까요.

소린   저 아이는 너를 기쁘게 해주려고 한 거야.

아르까지나   그래요? 하지만 저 아이는 그 어떤 일반적인 희곡을 선택한 것이 아니라, 이런 퇴폐적인 헛소리를 듣도록 우리에게 강요했어요. 나는 소극을 위해서

라면 헛소리라도 들어줄 준비가 되어 있지만, 보다시피 여기서는 예술의 새로운 형식과 새로운 시대를 요구하고 있잖아요. 내가 보기에, 여기에는 어떤 새로운 형식도 없고, 단지 어리석은 성질만 있을 뿐이네요.

뜨리고린   제 각기 쓰고 싶은 걸, 능력대로 쓰는 거예요.

아르까지나   그 아이보고 쓰고 싶은 걸, 능력대로 쓰라고 하고, 다만 나를 그냥 내버려 두었으면 해요.

도른   주피터여, 그대 화가 나셨군요…….

아르까지나   나는 주피터가 아니라 여자예요. (담배를 피기 시작한다) 나는 화를 내는 게 아니라, 다만 젊은 애가 무의미하게 시간을 보내는 것이 지긋지긋할 뿐이에요. 나는 저 아이를 모욕하려 했던 것은 아니에요.

메드베젠꼬   아무도 물질에서 영혼을 분리시킬 근거는 가지고 있지 않습니다. 왜냐하면 영혼 그 자체까지도 물질적인 원자의 집합체일 수 있으니까요. (활기차게, 뜨리고린에게) 우리의 형제인 교사들이 어떻게 생활하는지를 희곡으로 써서 무대에 올려보는 거는 어떨까요. 어렵게, 어렵게 살고 있죠!

아르까지나   그것은 괜찮겠지만, 이제 희곡에 대해서든, 원자에 대해서든 그만 말해요. 아주 멋진 밤이잖아요! 들리세요, 여러분, 노래를 부르잖아요? (귀를 기울인다) 정말 좋군요!

뽈리나 안드레예브나 저쪽 기슭이네요.

(사이)

아르까지나 (뜨리고린에게) 제 곁에 앉으세요. 10년이나 15년 전에 여기 이 호수에서는 거의 매일 밤 끊임없이 음악과 노래 소리가 들렸지요. 여기 호숫가에는 여섯 채의 지주들의 저택이 있었지요. 나는 기억이 나요, 웃음소리, 떠들썩한 소리, 총소리, 그리고 항상 로맨스, 로맨스가 있었지요······ 그 여섯 채의 저택에서 첫 번째로 손꼽힌 쥔 포레미에 Jeune premier[14]이자 우상이었던 분을 소개하지요, 바로 여기 (도른을 머리로 가리키며) 예브게니 세르게이치 의사 선생님이지요. 지금도 매력이 있지만, 그 당시는 아주 절대적이었어요. 그런데, 양심이 나를 괴롭히기 시작하네요. 왜 내가 가엾은 내

---

14 원주 - Первым любовником (프랑스어로 '연인'을 나타내며, 극장의 배역을 의미함).

아들을 모욕했지요? 걱정이 돼요. (큰소리로) 꼬스
짜[15]! 아들아! 꼬스짜!

마샤 제가 가서 그를 찾아 볼게요.

아르까지나 사랑스런 애야, 부탁한다.

마샤 (왼쪽으로 간다) 어디 계세요! 꼰스딴찐 가브릴로
비치…… 어디 계세요! (퇴장한다)

니나 (가설무대에서 나오며) 아마 이제 공연이 계속될 것
같지 않으니, 제가 나와도 되겠지요. 안녕하세요!
(아르까지나와 뽈리나 안드레예브나에게 키스한다)

소린 브라보! 브라보!

아르까지나 브라보! 브라보! 우리 모두 감탄했어요. 그만한 용
모와 그렇게 훌륭한 목소리를 가지고서 시골에 묻
혀 있어서는 안 돼요, 그것은 죄악이에요. 당신에
게는 틀림없이 재능이 있어요. 알겠어요? 당신은
무대에 서는 것이 의무예요!

니나 오, 그것은 제 꿈이죠! (한숨을 쉬며) 하지만 그 꿈
은 결코 실현되지 않을 거예요.

아르까지나 누가 알겠어요? 자 당신에게 소개할게요. 뜨리
고린,

보리스 알렉세예비치예요.

---

15 꼰스딴찐의 애칭.

니나   아, 뵙게 되어 너무 기뻐요······ (당황해 하며) 저는 항상 선생님 작품을 읽고 있어요······.

아르까지나   (그녀를 옆에 앉히며) 그렇게 수줍어하지 말아요, 사랑스런 이여. 이분은 유명하지만, 순박한 영혼을 가졌지요. 보세요, 이분도 당황해 하시잖아요.

도른   이제 막을 올려도 되겠죠, 그렇지 않으면 <u>으스스</u>해서요.

샴라예프   (큰소리로) 야꼬프! 여보게, 막을 올리게!

    막이 오른다.

니나   (뜨리고린에게) 이상한 희곡이죠, 그렇지 않아요?

뜨리고린   저는 아무것도 이해하지 못했습니다. 그렇지만 재미있게 보았어요. 당신은 정말 진지하게 연기하더군요. 무대장치도 아주 훌륭했어요.

    (사이)

        아마도 이 호수에는 고기가 많을 것 같군요.

니나   그래요.

뜨리고린   저는 낚시를 좋아합니다. 저에게는 저녁 무렵 강가에 앉아서 낚시찌를 보고 있는 것보다 더 즐거운 일은 없지요.

니나 저는 창작의 기쁨을 경험한 그런 분에게는, 그 외의 다른 즐거움은 더 이상 존재하지 않을 거라고 생각하는데요.

아르까지나 (웃으면서) 그렇게 말하지 말아요. 이 분에게 그런 좋을 말을 하면, 이 분은 자취를 감춰버리니까요.

삼라예프 기억납니다. 모스끄바 오페라 극장에서 그 유명한 실바[16]가 가장 낮은 '도'음을 낸 적이 있었지요. 그런데 바로 그때, 교회 성가대의 한 베이스 가수가 관람석에 앉아 있었는데, 마치 일부러 그런 것처럼, 갑자기 관람석에서 우리는 들을 수 있었지요. 완전히 한 옥타브 낮은 소리로 "브라보, 실바!"라고 하는 것을…… 바로 이렇게요 (낮은 목소리로) "브라보, 실바……." 우리가 얼마나 놀랐는지 상상을 해 보세요…… 극장 안은 당장 잠잠해졌지요.

(사이)

도른 정적의 천사가 날아왔군요.

---

16 이탈리아의 오페라 가수.

니나　　　　저는 이제 가야겠어요. 안녕히 계세요.

아르까지나　어디 가요? 어디를 이렇게 빨리 가는 거예요! 우
　　　　　　리가 당신을 놓아주지 않을 거예요.

니나　　　　아버지가 저를 기다리고 계세요.

아르까지나　아니, 뭐 그런 분이······.

　　　두 사람이 키스한다.

　　　　　　그렇다면, 어쩌겠어요. 아쉽네요, 당신을 보내야
　　　　　　하다니 정말 아쉬워요.

니나　　　　만약 당신이 이렇게 떠나는 제가 얼마나 힘든지를
　　　　　　알아주셨으면!

아르까지나　누구든 나의 이 작은 아가씨를 바래다주면 좋겠는
　　　　　　데······.

니나　　　　(깜짝 놀라며) 오, 아니에요, 아니에요!

소린　　　　(그녀에게 애원하듯) 좀 더 있어요!

니나　　　　그렇게 할 수 없어요, 뾰뜨르 니꼴라예비치.

소린　　　　한 시간만 더 있어요. 어때요, 이거야 정말······.

니나　　　　(잠깐 생각하다가 눈물을 보이며) 안 돼요! (악수하고
　　　　　　빠르게 퇴장한다)

아르까지나　불행한 아가씨야, 정말로. 그녀의 죽은 어머니는

땡전 한 푼까지 포함하여 막대한 재산을 남편에
게 모두 유산으로 남겨주었는데, 그 아버지가 그
걸 모두 후처에게 벌써 물려주어서, 지금 저 아가
씨에게는 아무것도 남은 게 없다고들 말하더군요.
정말 불쾌한 일이죠.

도른   그래요, 그 아버지는 대단히 뻔뻔한 짐승 같은
작자이고, 그에게 그렇게 말하는 것은 정당할 거
예요.

소린   (언 손을 비비면서) 여러분, 우리도 이제 들어갑시
다, 그렇지 않으면 습기에 젖겠소. 나는 다리가 쑤
셔요.

아르까지나   오라버니의 다리는 꼭 나무로 만든 것처럼 뻣뻣하
게 겨우 걷는군요. 자, 가요, 불쌍한 영감님. (그의
팔을 부축한다)

샴라예프   (아내에게 손을 내밀며) 마담?

소린   개 짖는 소리가 또 들리는군. (샴라예프에게) 제발
부탁인데, 일리야 아파나시예비치, 저 개를 풀어
놓으라고 좀 하세요.

샴라예프   안 됩니다. 뾰뜨르 니꼴라예비치, 창고에 도둑이
들면 곤란하니까요. 우리 창고에는 수수가 있어
요. (나란히 걷고 있는 메드베젠꼬에게) 그래, 완전

히 한 옥타브 낮은 소리로 "브라보, 실바"라고 했
어요. 더구나 그 사람은 성악가가 아니라, 단지 교
회 성가단원이었는데요.

메드베젠꼬　교회 성가단원은 월급을 얼마나 받나요?

도른을 제외하고 모두가 퇴장한다.

도른　　　（혼자서）내가 이해를 전혀 못했는지 아니면 미쳤
는지 모르겠지만, 희곡은 내 마음에 들었어. 거기
에는 뭔가가 있었어. 그 처녀가 고독에 대해 말했
을 때, 그리고 그 후에 악마의 붉은 두 눈이 나타
났을 때, 나는 흥분해서 손까지 떨었어. 신선하면
서도 순수했지…… 아, 저기 그가 오는 모양이군.
나는 그에게 기분 좋은 말을 해주어야지.

뜨레쁠료프　（등장한다）이제 아무도 없군.

도른　　　내가 여기 있소.

뜨레쁠료프　마셴까[17]가 온 정원을 뒤지며 저를 찾고 있어요.
정말 지겨운 사람이에요.

도른　　　꼰스딴찐 가브릴로비치, 나는 당신 희곡이 아주 마
음에 들었어요. 어딘가 조금은 이상한 희곡이고,

───────────────
17 마리야의 애칭인 마샤의 또 다른 애칭.

끝까지 듣지는 못했지만, 어찌되었든 강렬한 인상
을 받았어요. 당신은 재능이 있는 사람이니, 계속
해서 써야만 해요.

뜨레쁠료프가 그의 손을 꼭 잡더니 돌발적으로 껴안는다.

허허, 이렇게 신경이 예민하다니. 눈에 눈물까지
글썽이고…… 내가 무엇을 말하고 싶은지 아시
오? 당신은 추상적인 사상의 영역에서 소재를 취
했어요. 이것은 그렇게 해야만 하는 것인데, 예술
작품은 반드시 무엇인가 거대한 사상을 표현해야
만 하는 것이기 때문이지요. 진지한 것만이 아름
다운 거예요. 당신 안색이 너무 창백하군요!

뜨레쁠료프   그럼, 당신은 계속하라는 말씀인가요?

도른   그래요…… 하지만 중요하고 영원한 것만을 묘사
하세요. 당신이 알고 있다시피, 나는 다양하게 그
리고 내 취향에 따라 자신의 인생을 살아왔고, 자
신에 대해 만족하고 있지만, 그러나 만일 예술가
들이 창작의 순간에 느끼는 영혼의 고양을 경험하
게 된다면, 나는 내 물질적인 외피와 거기 껍질에
붙어있는 모든 것들을 경멸하고, 세상에서 좀 더

멀리 높은 곳으로 도망쳐 버릴 것 같소.

뜨레쁠료프 실례지만, 자레츠나야는 어디 있나요?

도른 그리고 또 한 가지. 작품에는 분명하고 확실한 사상이 있어야만 해요. 당신이 무엇 때문에 쓰는 것인지 정확히 알아야 하지, 그렇지 않고 분명한 목적도 없이, 이 그림 같은 길을 따라 걷는다면, 당신은 길을 잃게 될 것이고, 당신의 재능이 당신을 파멸시킬 거예요.

뜨레쁠료프 (초조하게) 자레츠나야는 어디 있습니까?

도른 그녀는 집으로 갔어요.

뜨레쁠료프 (절망하여) 저는 어떻게 해야 하지요? 저는 그녀를 보고 싶어요. 저는 그녀를 꼭 보아야만 해요······ 저는 가보겠습니다······.

마샤가 등장한다.

도른 (뜨레쁠료프에게) 진정하오, 나의 친구.

뜨레쁠료프 어쨌든, 저는 가보겠습니다. 저는 가야만 해요.

마샤 댁으로 돌아가세요, 꼰스딴찐 가브릴로비치. 어머님이 당신을 기다리세요. 매우 걱정하고 계세요.

뜨레쁠료프 어머니에게는 내가 나갔다고 말해요. 여러분, 제발 부탁하건대, 저를 그냥 좀 내버려 두세요! 그냥 좀 두세요! 내 뒤를 따라다니지 마세요!

도른 아니, 아니, 아니, 사랑스런 이여…… 그러면 안 돼요…… 좋지 않아요.

뜨레쁠료프 (눈물을 글썽이며) 안녕히 계세요, 의사 선생님. 감사합니다……. (퇴장한다)

도른 (한숨을 쉬며) 청춘, 청춘이라는 거야!

마샤 더 이상 아무것도 말할 게 없어지면, 그렇게들 말하지요. 청춘, 청춘이라고……. (담배 냄새를 맡는다)

도른 (그녀에게서 담뱃갑을 빼앗아 덤불 속에 던진다). 이건 추악한 거요!

(사이)

집안에서 카드놀이를 하고 있는 것 같군. 우리도 갈 필요가 있겠어.

마샤 잠깐 기다려요.

도른 왜?

마샤 제가 당신에게 말씀드릴 게 있어요. 저는 선생님과 잠시 이야기하고 싶어요……(흥분하여) 저는 제 아버지를 사랑하지 않지만…… 선생님께는 호감을 가지고 있어요. 어떤 까닭인지 선생님이 저에게 가까운 분으로 느껴져요…… 제발, 저를 도와주세요. 도와주세요, 그렇지 않으면 저는 바보 같은 짓을 해서, 제 인생을 망치고 타락시킬 것 같아요…… 더 이상 견딜 수 없어요…….

도른 뭐라고요? 대체 무엇을 도와줘요?

마샤 저는 괴로워요. 아무도, 아무도 제 고통을 몰라요! (그의 가슴에 머리를 묻고, 조용히) 저는 꼰스딴찐을 사랑해요…….

도른 모두들 왜 이리 신경이 예민할까! 정말 예민해! 그리고 얼마나 많은 사랑타령인가…… 오, 마법의 호수여! (다정하게) 하지만 나의 아이들이여, 내가 무엇을 해줄 수 있겠소? 무엇을? 무엇을?

막이 내린다.

제 2 막

크로케 경기장이 있다. 오른편 안쪽으로 커다란 테라스가 있는 집이 있고, 왼편에는 호수가 보이는데, 그 호수에는 태양이 반사되어 번쩍거린다. 화단들이 있다. 정오이고, 무덥다. 경기장 옆에 늙은 보리수 그늘 밑에 놓인 벤치에 아르까지나, 도른, 마샤가 앉아 있다. 도른의 무릎에는 책이 펼쳐져 있다.

아르까지나 (마샤에게) 자, 일어서 봐요.

두 사람이 일어선다.

나란히 서 봐요. 당신은 스물두 살, 내 나이는 거의 두 배지요. 예브게니 세르게이치, 우리 중에 누가 더 젊어 보여요?

도른   당신이죠, 물론.

아르까지나 그것 봐요…… 왜 그럴까요? 왜냐하면 나는 일을 하고, 느끼며, 항상 바쁘게 다니지만, 당신은 한 곳에 앉아서, 활동을 하지 않기 때문이지요…… 그리고 나에게는 하나의 규칙이 있어요. 그것은 미래를 들여다보지 않는다는 거죠. 나는 절대로 노년이나 죽음에 대해서 생각하지 않아요. 어차피 그런 것은 피하지 못하니까요.

마샤   그런데 저는 이런 느낌이 들어요, 마치 제가 너무 오래 전에 태어난 것 같은 거예요. 저는 끝없이 긴 치맛자락처럼 제 삶을 질질 끌고 있어요…… 그리고 사는데 아무런 흥미도 갖지 못하는 때가 자주 있어요. (앉는다) 물론, 이런 것은 다 쓸데없는 소리예요. 기운을 되찾고, 저에게서 이런 생각들을 떨쳐 버려야겠죠.

도른   (조용히 흥얼거린다) "나의 꽃이여, 당신이 그녀에게 말해주오……."

아르까지나 그리고 나는 영국 사람처럼 예의를 지켜요. 나는 스스로를 팽팽하게 긴장시키면서, 항상 꼼 일 포 comme il faut[18] 옷차림과 머리모양을 가꾸지요.

---

18 원주 - Ка Кна Дл ежн т . (프랑스어로 '격식대로') - 그렇게 해야 하는 것처럼.

잠깐 집을 나올 때만 해도, 이렇게 정원에 나올 때 일지라도, 내가 실내복에 머리도 빗지 않은 적이 있었어요? 한번도 없었어요! 내가 어떤 사람들처럼 못생기고 뚱뚱한 여자가 절대로 되지 않고, 자신이 방종하지 않도록, 스스로를 관리하고 있기 때문이에요……. (양손을 허리에 대고, 경기장을 걸어 다닌다) 자, 당신 보기에 어때요, 병아리 같잖아요. 열다섯 살짜리 소녀 연기라도 할 수 있어요.

도른   그럼은요, 어찌되었든 간에 나는 계속 읽을게요. (책을 든다) 우리가 곡물상과 쥐가 나오는 곳에서 중단했지…….

아르까지나 쥐가 나오는 대목에서요. 읽어주세요. (앉는다) 아니, 그러지 말고 제게 주세요, 제가 읽을게요. 제 차례예요. (책을 들고 읽을 곳을 눈으로 찾는다) 쥐가 나오는 곳이라…… 아, 여기 있네…… (읽는다) "그리고, 말할 것도 없이, 사교계의 사람들에게 있어 이 소설가들을 총애해서 그들을 자기 곁에 끌어들이는 것은, 곡물상이 쥐를 자신의 곳간에서 키우는 것만큼이나 위험하다. 그럼에도 사람들은 소설가들을 사랑하고 있다. 그렇게 여자가 작가를 선택했을 때, 그녀는 작가의 마음을 사로잡으

려 하고, 그녀는 찬사, 애교, 아첨 등의 방법을 이
용해서 그를 포위한다……." 음, 어쩌면, 이런 일
이 프랑스인들에게서는 그럴지 모르지만, 우리에
게서는 전혀 달라요, 어떤 문제도 없어요. 우리나
라 여자들은 작가를 유혹하기도 전에, 제발 사랑
해 주세요라고 하면서, 자신이 정신없이 반해버리
고 마는 것이 일반적이지요. 이해하시겠어요, 나
와 뜨리고린을 보세요…….

지팡이에 의지하여 소린이 등장하고, 그와 함께 니나도 등장
한다. 메드베젠꼬가 그들 뒤에서 빈 바퀴달린 안락의자를 밀며
들어오고 있다.

소린   (아이를 달래는 듯한 어조로). 그래? 우리에게는 기
         쁜 일이지? 결국에 오늘 우리가 즐겁다는 거지?
         (누이에게) 우리에게 기쁜 일이 있구나! 이 아가씨
         의 아버지와 새엄마가 뜨베리[19]로 떠나서, 이제 사
         흘 내내 우리와 자유롭게 지낼 수 있다는구나.
니나   (아르까지나 옆에 앉아서 그녀를 포옹한다) 저는 행
         복해요! 저는 이제 당신들과 함께 할 수 있어요.

___
19 모스끄바 서북부의 도시로 현재는 깔리닌 시市로 개명되었음.

소린   (자신의 안락의자에 앉는다) 그녀가 오늘은 더 아름
          답구나.

아르까지나 아름답게 정장을 했고, 매력적이고…… 이 모든
          것이 당신이 총명하다는 거지요. (니나에게 키스한
          다) 하지만 너무 칭찬하면 오히려 망치는 수가 있
          으니까 안 되지요. 보리스 알렉세예비치는 어디
          있어요?

니나   그는 호수의 목욕터에서 낚시하고 있어요.

아르까지나 그 이는 싫증도 안 나나 봐! (계속해서 읽으려 한다)

니나   이게 뭐예요?

아르까지나 모파상의 《물 위에》라는 작품이에요. 아가씨. (몇
          줄을 속으로 읽는다) 음, 더 이상은 재미도 없고 사
          실 같지도 않아. (책을 덮는다) 내 마음이 평온하지
          가 않아요. 내 아들이 왜 그러는지 말 좀 해봐요?
          왜 그 아이가 그렇게 따분해 하고 냉랭한 거죠?
          그 아이는 하루 종일 호수에서 시간을 보내서, 나
          는 그를 거의 보지 못해요.

마샤   그분은 마음이 심란한 거예요. (니나에게 수줍은
          표정으로) 부탁이에요, 그분의 희곡을 낭송해 주
          세요!

니나   (어깨를 으쓱하면서) 듣고 싶으세요? 이것은 정말 재

미없는 건데요!

마샤   (감격을 억누르며) 그분 자신이 무엇인가를 낭송할
               때면, 그의 두 눈은 빛나고 얼굴은 창백해져요. 그
               분에게는 아름답고 슬픈 목소리가 있고, 몸짓은
               시인과 같지요.

소린이 코를 고는 소리가 들린다.

도른   안녕히 주무세요!
아르까지나   뻬뜨루샤![20]
소린   으응?
아르까지나   주무시는 거예요?
소린   아 – 아니.

(사이)

아르까지나   오빠는 치료를 받지 않는데, 이것은 좋지 않아요,
                오빠.
소린   나도 치료를 받으면 좋겠다만, 이 의사 선생이 해
               주지를 않는구나.

---

20 뾰뜨르의 애칭

도른	예순 살에 무슨 치료예요!
소린	예순이라도 살고는 싶어요.
도른	(화가 나는 듯이) 에이! 자 그럼, 신경 안정제를 드세요.
아르까지나	제 생각으로는, 오빠가 어디 온천에라도 가면 좋을 것 같은데요.
도른	글쎄요? 가도 좋고, 안 가도 좋지요.
아르까지나	그걸 이해하라는 거지요.
도른	아무것도 이해할 게 없어요. 모든 것이 명확하니까요.

(사이)

메드베젠꼬	뾰뜨르 니꼴라예비치께서는 담배부터 끊는 게 좋으실 텐데.
소린	쓸데없는 소리.
도른	아니요, 쓸데없는 소리가 아닙니다. 술과 담배는 개성을 죽이는 거지요. 담배를 피우거나 보드카를 한 잔 마신 후에는 당신은 이미 뾰뜨르 니꼴라예비치가 아니라, 뾰뜨르 니꼴라예비치 플러스 그 누군가가 되는 거예요. 당신에게서 있는 당신의

'나'는 형태가 무디어지고, 당신은 이미 자신을 마치 제삼자인 '그'로 대하게 되거든요.

소린   (웃으며) 당신에게는 말하기가 아주 쉽지요. 당신은 당신 인생을 살았지만, 그런데 나는요? 나는 사법 기관에서 28년을 근무했기에, 아직 살아 보지를 못했고, 종국에 아무것도 경험하지를 못했어요. 그래서, 어찌되었든 간에, 내가 살고 싶어 하는 것은 당연한 일이오. 당신은 배가 부르고 만사에 무관심하지요. 그래서 철학에 경도되어 있지만, 나는 살고 싶기 때문에 식사 때 헤레스xepec주[21]를 마시고 담배를 피우는 게 전부지요. 바로 그것이 전부요.

도른   인생은 진지하게 대할 필요가 있지요. 예순 살에 치료를 받아야 하면서, 젊은 시절에 많이 즐기지 못했다고 애석해하는 것은, 죄송한 말씀이지만, 경박한 것이지요.

마샤   (일어선다) 아침 식사 때가 된 것 같아요, 아마. (나른한 걸음걸이로 느릿느릿 걸어간다) 아이, 발 저려……. (퇴장한다)

도른   저렇게 가서는 아침식사 전에 보드카를 두어 잔

---

21 스페인 산 백포도주의 일종.

마시겠지요.

소린   저 불쌍한 아이는 인간으로서의 행복이 없어요.

도른   쓸데없는 소리예요, 나리.

소린   당신은 마치 배부른 사람처럼 말하는군요.

아르까지나   아, 바로 이런 사랑스런 시골의 무료함보다 더 지루한 것은 없을 거야! 무덥고, 조용하고, 그 누구도 아무것도 하지 않으면서, 모두가 철학을 설파하는…… 여러분들과 함께 하면서 당신들의 이야기를 듣는 것도 좋지만…… 호텔 내 방에 앉아서 대사를 외우는 편이 훨씬 더 나을 것 같네요!

니나   (감격하여) 훌륭하세요! 저는 당신을 이해해요.

소린   물론, 도시에서 있는 것이 더 좋지. 자신의 서재에 앉아 있으면, 하인은 허락 없이는 아무도 들여보내지 않고, 전화도 있고…… 거리에서는 마차들이 다니고, 모든 게 다…….

도른   (흥얼거린다) "나의 꽃들이여, 그대들이 그녀에게 말해다오……."

샴라예프가 등장하고. 그 뒤를 따라 뽈리나 안드레예브나도 등장한다.

삼라예프   여기들 계셨군요. 안녕하십니까! (아르까지나의 손
              에 입을 맞추고, 그 다음에 니나의 손에 입을 맞춘다)
              여러분들이 건강하신 걸 보니 기쁩니다. (아르까지
              나에게) 오늘 부인이 제 아내와 함께 시내에 가실
              생각이라고 말 하던데요. 정말입니까?

아르까지나   그래요, 그럴 작정이에요.

삼라예프   음…… 아주 좋은 생각이시지만, 부인, 당신은 무
              엇을 타고 가실 건가요? 오늘 우리는 호밀을 운반
              하는 날이라, 일꾼들이 죄다 바쁩니다. 어느 말을
              타고 가실 것인지, 부인에게 여쭈어 봐도 될까요?

아르까지나   어느 말이냐고요? 내가 그걸 어떻게 알아요, 어느
              말인지!

소린   우리에게 외출용 말이 있잖아.

삼라예프   (흥분해서) 외출용이요? 마구는 어디서 구하죠?
              제가 어디서 마구를 구하지요? 이거 참 놀라운 일
              이군요! 이해할 수 없는 일입니다! 부인! 용서하십
              시오, 저는 당신의 재능을 숭배하고, 부인을 위해
              서라면 생애의 10년을 바칠 준비가 되어 있지만,
              그러나 제가 부인에게 말은 드릴 수가 없군요!

아르까지나   만일 내가 꼭 가야만 한다면요? 정말 이상하군요!

삼라예프   부인! 당신은 영지 경영이 무엇을 의미하는지 모

르시지요!

아르까지나 (발끈 성을 내며) 또 그 이야기로군! 이런 상황이라 면 나는 오늘 모스끄바로 돌아가겠어요. 마을에 가서 나를 위해 마차를 빌려 오지 않으면, 나는 정 거장까지 걸어가겠어요!

삼라예프 (발끈 성을 내며) 그러시다면 저는 직책을 사직하겠 습니다! 다른 지배인을 찾으세요! (퇴장한다)

아르까지나 매년 여름 이 모양이야, 이 곳에서는 여름마다 나 를 모욕해요! 이곳에 다시는 발을 들여놓지 않겠 어! (목욕터가 있는 곳으로 예상되는 왼쪽으로 퇴장. 잠시 후 그녀가 집으로 들어가는 것이 보이는데, 그녀 뒤에서 낚싯대와 물통을 든 뜨리고린이 걸어간다)

소린 (매우 화를 내며) 이런 파렴치한 것들! 이게 무슨 꼴 인지 귀신이나 알까! 나도 이런 것이 정말 지겨워, 어쨌든. 지금 당장 모든 말을 내오라고 해!

니나 (뽈리나 안드레예브나에게) 이리나 니꼴라예브나 같 은 유명한 배우를 거역하다니! 그 분의 소원이라 면, 변덕부리는 거라 할지라도, 영지 경영보다 더 중요한 게 아닌가요? 정말 믿을 수가 없군요!

뽈리나 안드레예브나 (절망적으로) 제가 무얼 할 수 있겠어요? 제 입장이 되어 보세요. 제가 무얼 할 수 있겠어요?

소린   (니나에게) 누이동생한테 가봅시다…… 우리 모두
         그녀에게 떠나지 않도록 부탁해 봅시다. 그럴 거
         지요? (샴라예프가 나갔던 방향을 보면서) 아주 지긋
         지긋한 인간이야! 폭군이야!

니나   (일어서려는 그를 말리면서) 앉아 계세요, 앉아 계
         세요…… 저희가 모시고 갈게요. (메드베젠꼬와
         함께 바퀴달린 안락의자를 민다) 아, 정말 끔찍한
         일이에요.

소린   그래요, 그래, 끔찍한 일이지…… 그는 떠나지 않
         을 거요, 내가 지금 가서 이야기를 좀 해야겠어.

         그들이 퇴장하고, 도른과 뽈리나 안드레예브나만이 남는다.

도른   답답한 사람들이지요. 사실 말이지, 당신 남편을
         이곳에서 내쫓기만 하면 되는 일인데, 늙은 할멈
         같은 뾰뜨르 니꼴라예비치와 그의 여동생이 그에
         게 사과하는 걸로 모든 일이 끝날 거요. 두고 보
         시오!

뽈리나 안드레예브나 그는 외출용 말까지 들판에 내보냈어요.
         그러니 매일 이렇게 말썽이지요. 이런 것이 나
         를 얼마나 속 썩이는지 당신이 알아 주셨으면! 저

는 병이 날 것 같아요. 제가 떨고 있는 게, 보이세
요…… 저는 그의 무례함을 참을 수가 없어요. (애
원하듯이) 예브게니, 소중하고 사랑스러운 이여,
저를 좀 데려가 주세요…… 우리 시대는 지나가는
데, 우리는 이미 젊지도 않지만, 생애의 마지막이
라도 숨기는 것 없고, 거짓 없이 살고 싶어요…….

(사이)

도른   내 나이 쉰다섯 살이오, 내 인생을 바꾸기에는 이
미 늦었소.

뽈리나   저는 당신이 저를 거절하는 이유를 알아요, 당신
에게는 저 말고도 다른 친한 여자들이 있으니까
요. 모두를 데려가는 것은 불가능하니까요. 나도
이해해요. 미안해요, 당신을 귀찮게 해서.

니나가 집 근처에 나타난다. 그녀는 꽃을 꺾고 있다.

도른   아니, 무슨 그런 쓸데없는 소리를.

뽈리나   저는 질투심 때문에 괴로워요. 물론 당신은 의사
이니까 여자들을 피할 수야 없겠지요. 나도 알기

는 하지만…….

도른   (가까이 다가온 니나에게) 거기는 어때요?

니나   이리나 니꼴라예브나는 울고 있고, 뾰뜨르 니꼴라
        예비치는 천식을 일으켰어요.

도른   (일어선다) 가서 두 사람에게 신경 안정제나 주어
        야겠군…….

니나   (그에게 꽃을 준다) 받으세요!

도른   메르시 비엥merci bien.[22] (집 쪽으로 간다)

뽈리나 니꼴라예브나 (그와 함께 걸으면서) 얼마나 아름다운 꽃
        이에요! (집 근처에서 낮은 소리로) 이 꽃을 저에
        게 주세요! 이 꽃을 저에게 주세요! (꽃을 받아서,
        그것을 잡아 뜯고는, 한 쪽으로 내던진다. 두 사람은
        집으로 들어간다)

니나   (혼자서) 유명한 여배우가, 그것도 아주 사소한 일
        로 우는 것을 본다는 건 정말 이상해! 그리고 모
        든 신문들에서 그에 대해서 쓰고 있고, 그의 사진
        이 팔리고 있으며, 그의 작품이 외국어로 번역되
        고 있는 대중의 사랑을 받는 유명한 소설가는 하
        루 종일 낚시질만 하고 있다가, 잉어 두 마리 잡은
        것에 기뻐서 날뛰는 것도 정말 이상한 일이야. 나

---

22 원주 - Весьмабла гора рен . (프랑스어로 '감사합니다')

는 유명한 사람들은 군중들을 경멸하고 있어서 도
도하고 오만하며, 자신들의 휘황찬란한 명성과 명
예로써 대중이 가문이나 부유함을 무엇보다 중시
하는 것에 대해서 복수를 한다고 생각했었는데 말
이야. 하지만 그들도 다른 모든 사람들처럼 울고,
물고기를 잡고, 카드놀이를 하고 웃고, 화를 내기
도 한단 말이야…….

뜨레쁠료프   (모자를 쓰지 않은 채, 사냥총과 죽은 갈매기를 들고
등장한다) 당신 혼자예요?

니나   혼자예요.

뜨레쁠료프는 그녀의 발밑에 갈매기를 놓는다.

이게 무슨 뜻이에요?

뜨레쁠료프   나는 오늘 이 갈매기를 죽이는 비열한 짓을 했어
요. 그걸 당신의 발아래 놓은 거요.

니나   당신에게 무슨 일이 있는 거예요? (갈매기를 들고,
그것을 유심히 바라본다)

뜨레쁠료프   (사이를 두고) 이제 곧 나는 이런 모양으로 나 자신
을 죽일 겁니다.

니나   나는 당신을 잘 모르겠어요.

뜨레쁠료프 그래요, 내가 당신을 이해하는 것을 그만둔 이후 부터 그렇게 되었지요. 당신은 변했어요, 당신의 시선은 차가워졌고, 나의 존재가 당신을 괴롭게 하지요.

니나 요즘 당신은 화를 잘 내고, 어떤 상징적인 것으로 아무도 이해할 수 없는 것을 표현하지요. 제가 보기에, 이 갈매기도 무슨 상징인 것 같은데, 용서하세요, 저는 잘 모르겠어요……. (갈매기를 벤치 위에 놓는다) 당신을 이해하기에는 제가 너무 단순해요.

뜨레쁠료프 모든 것은 내 연극이 그렇게 바보같이 실패한 그 저녁부터 시작되었어요. 여자들은 실패를 용서하지 않지요. 나는 마지막 한 부분까지 모두 다 태워 버렸어요. 내가 얼마나 불행한지를 당신이 알아주셨으면 좋으련만! 당신의 냉담한 태도는 너무나도 무섭고, 믿을 수가 없어요, 마치 잠에서 깨고 보니 이 호수가 말라 버렸거나 땅 속으로 모두 흘러들어 가 버린 것 같아요. 당신은 방금 전에 자신이 너무 단순해서 나를 이해할 수 없다고 말했어요. 오, 여기서 이해해야 할 게 뭐가 있어요?! 당신은 내 희곡이 마음에 안 들어 하며, 나의 영감을

경멸하고, 나를 다른 사람들같이 평범하고 쓸모없
는 놈으로 여기고 있는 거예요…… (발을 구르며)
내가 이것을 어떻게 이해해야 하는지를 얼마나
잘 알고 있는데! 내 골통에 마치 못이 박혀 있는
것 같아요, 그것이 뱀처럼 나의 피를 빨고 또 빠는
내 자존심과 함께 저주나 받았으면 좋으련만……
(수첩을 읽으며 등장하는 뜨리고린을 보고) 여기 진
짜 천재가 오시는군요. 햄릿처럼 걸으면서 수첩
도 들었어요…… (조롱한다) "말이여, 말이여, 말이
여……." 아직 저 태양이 당신에게 다가오지도 않
았는데, 당신은 벌써 미소를 짓고 있으며, 당신의
시선은 그의 빛 속에 녹아버리는군요. 당신들을
방해하지는 않을게요. (서둘러 퇴장한다)

뜨리고린   (수첩에 써넣으며) 코담배를 맡고, 보드카를 마신
다…… 항상 검은 옷을 입는다. 한 교사가 그녀를
사랑한다…….

니나   안녕하세요, 보리스 알렉세예비치!

뜨리고린   안녕하십니까? 사정이 뜻밖에 복잡하게 되어서,
아무래도 우리는 오늘 떠나야 할 것 같아요. 당신
과 언젠가 다시 만나게 될 날이 있겠지요. 아쉽군
요. 저는 젊은 아가씨들, 젊고 재미있는 아가씨들

과 자주 만날 기회가 없어서, 열여덟이나 열아홉 살의 처녀가 어떻게 느끼는지를 잊어버렸고 그래서 분명하게 제시할 수가 없어요, 그래서 내 중편이나 단편 작품들에 나오는 젊은 아가씨들은 대개가 허상이지요. 나는 비록 단 한 시간만이라도 좋으니까 당신의 입장이 되어서 당신이 무엇을 생각하는지, 도대체 당신이 실제로 어떤 사람인지 알고 싶어요.

니나   저는 선생님의 입장이 되어 보았으면 좋겠어요.

뜨리고린   왜요?

니나   재능 있는 유명한 작가가 자신을 어떻게 느끼는지 알고 싶어서요. 유명하다는 것을 어떻게 느끼지요? 선생님은 자신이 유명한 것을 어떻게 느끼고 계세요?

뜨리고린   어떻게? 아마 아무렇게도 아닐 거예요. 이런 것에 대해서 생각해 본 적이 없어요. (잠깐 생각하더니) 아마 둘 중에 하나겠지요. 당신이 내 명성을 과장해서 생각하고 있거나, 아니면 명성이라는 것은 어떻게도 느껴지지 않거나.

니나   하지만 신문에서 자신에 관한 것을 읽으면요?

뜨리고린   칭찬을 받을 때는 기분 좋고, 욕을 먹으면 한 이틀

기분이 나쁘죠.

니나   멋있는 세계군요! 제가 얼마나 당신을 부러워하는
           지 아셨으면 좋을 텐데! 사람의 운명은 다양하지
           요. 어떤 사람들은 무료하고 눈에 띄지 않는 존재
           로 끌려가는 삶을 영위하면서, 모두가 서로 비슷
           한 경험을 하면서 사는 반면에, 어떤 사람들은, 예
           를 들어, 백만 명 중에 한 명인 선생님처럼 재미있
           고 화려하고 커다란 의미를 지닌 인생이 운명인
           분들도 있는 거지요…… 당신은 정말 행복한 분이
           세요…….

뜨리고린   내가요? (어깨를 으쓱하며) 음…… 당신은 명성이
           니 행복이니 화려하고 재미있는 인생에 대해 말하
           고 있지만, 내게는 이런 멋진 말들이, 미안하지만
           내가 결코 먹지 않은 마멀레이드[23]와 같은 거예요.
           당신은 아주 젊고, 정말 착한 분이군요.

니나   선생님의 인생은 정말 멋있어요!

뜨리고린   제 인생에 뭐가 그렇게 특별히 좋지요? (시계를 꺼
           내 본다) 나는 이제 가서 글을 써야만 해요. 미안해
           요, 내게는 늘 시간이 없어서…… (웃는다) 흔히 말
           하는 것처럼, 당신은 나의 가장 아픈 곳을 찔렀기

───────────────

23 오렌지나 레몬과 같은 과일 또는 그 껍질로 만든 젤리.

때문에 나는 흥분하기 시작했으며 약간 화도 났어
요. 그럼 이야기를 더 할까요. 나의 아름답고 화
려한 인생에 대해서 이야기해 볼까요…… 자, 무
엇부터 시작할까요? (잠시 생각하고 나서) 사람이
밤낮으로, 예를 들어, 달에 대해 내내 생각하였
을 때, 강박 관념이 나타나게 되지요, 내게도 그런
달이 있어요. 밤낮으로 한 가지 성가신 생각이 나
를 짓누르고 있어요. 나는 반드시 써야 한다, 나는
반드시 써야 한다, 나는 반드시…… 겨우 소설 하
나를 끝내자마자, 어째서인지 벌써 다른 것을 써
야 하고, 그 다음에 세 번째, 세 번째 다음에 네 번
째…… 말을 바꿔 가는 역마차처럼, 쉬지 않고 쓰
지요, 그렇지 않으면 어떻게 할 수가 없지요. 이게
무슨 아름답고 화려한 인생인지, 내가 당신에게
물어 볼게요? 오, 이것은 정말 기괴한 삶이 아닌
가요! 여기 이렇게 당신과 함께 있지만, 나는 걱정
하며, 끝마치지 못한 소설이 나를 기다리고 있다
는 사실을 매 순간 기억해야 하지요. 나는 저기 피
아노처럼 생긴 구름을 보고 있어요. 그러고는 생
각하지요. 피아노처럼 생긴 구름이 떠 있다는 것
을 소설의 어느 부분에서 묘사해야지. 헬리오트로

프[24] 냄새가 나요. 재빨리 마음속에 담아 기억하지
요. 달콤한 향기, 과부의 꽃, 여름 저녁을 묘사할
때 사용해야지. 나는 나와 당신이 말하고 있는 모
든 단어와 표현을 포착해서, 이 모든 표현과 단어
를 자신의 문학 창고에 서둘러 가두어 두지요. 아
마도 쓸모가 있을 거야! 작품을 끝마치게 되면, 서
둘러 극장으로 가거나 낚시하러 달려가지요. 거기
서 잊고 쉬어 보려고 하지만, 안 돼요, 머릿속에서
는 벌써 무거운 포탄과 같은 새로운 내용이 굴러
다니며, 나를 책상으로 끌어당기고, 나는 다시 서
둘러서 써야만 되고 또 써야 하지요. 이렇게 항상,
언제나, 나는 자신에게 평안을 주지 못하지요, 그
래서 나는 어디인가에 있는 누군가에게 줄 꿀을
만들기 위해, 가장 좋은 꽃에서 꽃가루를 모으고,
꽃잎을 뜯고, 그 뿌리를 짓밟는 것 같이 내가 스스
로 자신의 인생을 파멸시키고 있다고 느낍니다.
정말로 내가 미친 건 아니겠지요? 과연 나의 친근
한 사람들과 아는 사람들이 나를 건강한 사람으
로 대하는 것일까요? "무엇을 쓰세요? 우리한테
무엇을 선물할 거죠?" 지인들의 관심, 칭찬, 열광

---

24 지칫과의 헬리오트로우프 속에 속하는 다년생 풀.

은 모두 똑같은, 하나같이 똑같은 것으로 내게 보
이는데, 이 모든 것이 거짓이고, 환자를 속이는 것
처럼 나를 기만하는 것이며, 뒤에서 살금살금 나
에게 다가와, 나를 붙잡아 뽀쁘리쉰[25]처럼 정신병
원으로 끌고 가지 않을까 하는 생각이 들어, 나는
가끔씩 두려워하지요. 예전에, 젊은 시절에는 아
주 좋았지만, 창작을 시작했을 때부터, 나의 창작
생활은 하나의 부단한 고통이었어요. 보잘것 없는
작가는 성공하지 못했을 때, 자기가 둔하고 재치
없으며 쓸모없는 존재로 생각되어져, 신경이 예민
해지고, 초조해하게 되지요. 인정받지 못하고, 아
무도 알아주지 않는 이들은, 다른 이들의 시선을
감히 똑바로 응시하지 못하는 돈 없이 들뜬 도박
꾼처럼 두려워하면서, 문학과 예술 관계자들 주위
를 끊임없이 서성거리지요. 나는 내 독자들을 본
적이 없지만, 어째서인지 내 상상 속에서 그들은
나에게 적의를 품고 있으며, 의심이 많은 이들처
럼 생각되어요. 나는 관객들을 두려워했어요, 내
게는 그들이 무서웠어요, 그래서 새로운 희곡을
공연하게 될 때면, 매번 갈색 머리를 한 사람들은

---

25 고골의 《광인일기》의 주인공.

적의를 품고 있고, 금발머리를 한 사람들은 아주
냉담하고 무관심한 것처럼 여겨졌어요. 오, 이것
이 얼마나 끔찍한 일이에요! 얼마나 고통스런 일
이에요!

니나   실례입니다만, 영감이나 창작 과정 그 자체가 당
신에게 고상하고 행복한 순간들을 주지 않나요?

뜨리고린   그래요. 쓰고 있을 때는 유쾌합니다. 교정을 보는
것도 즐겁지만……그러나 활자화되자마자 나는
참을 수 없게 되는데, 의도하던 게 아니라는 것
과, 실수, 쓰지 말았어야 했다는 걸 알게 되면, 화
가 나고 마음이 상하지요…… (웃으면서) 독자들
은 읽지요. "그래, 괜찮아, 재능이 있어…… 괜찮
아, 그렇지만 똘스또이에 이르려면 아직 멀었군."
아니면 "훌륭한 작품이야, 하지만 뚜르게네프의
《아버지와 아들》이 더 낫군." 이렇게 관 속에 들어
갈 때까지 모두가 괜찮아, 재능 있어, 괜찮아, 재
능 있어라고 말하지만, 그 이상은 아니에요. 그러
다가 내가 죽으면, 무덤 옆을 지나면서 지인들이
이렇게 말하겠지요. "여기 뜨리고린이 잠들어 있
다. 좋은 작가였지만, 하지만 뚜르게네프보다는
못했다."

니나 　　용서하세요, 저는 선생님을 정말 이해하지 못하겠
　　　　어요. 선생님은 그냥 성공에 도취하신 거예요.

뜨리고린 　어떤 성공에요? 나는 한번도 내 자신이 마음에
　　　　든 적이 없어요. 나는 작가로서 자신을 좋아하지
　　　　않아요. 가장 나쁜 것은, 내가 어떤 혼돈 속에 있
　　　　고, 자주, 내가 무엇을 쓰고 있는지 모른다는 거
　　　　예요…… 나는 이 물과 나무들과 하늘을 좋아하
　　　　고, 자연을 느끼지요. 자연은 내 마음속에서 글
　　　　을 쓰라고 하는 극복할 수 없는 바람과 열망을 불
　　　　러 일으켜 주지요. 하지만 나는 주지하다시피 풍
　　　　경화가가 아니라, 한 시민이며, 조국과 민중을 사
　　　　랑하지요. 내가 작가로 있는 한, 민중에 대해 그리
　　　　고 그들의 고통에 대해, 그들의 미래에 대해 말해
　　　　야 할 의무가 있고, 학문과 인간의 권리 기타 등등
　　　　에 대해 말해야만 하는 책임이 있다고 느끼지요.
　　　　그래서 나는 조급해 하며 이 모든 것에 대해 말하
　　　　면, 사방에서 나를 내몰고, 화를 내고, 나는 개들
　　　　에게 몰린 여우처럼 이리 저리 뛰고 갈팡질팡하지
　　　　요. 나는 생활과 과학이 앞으로, 앞으로 달려 나가
　　　　는 게 보이지만, 기차를 놓친 농부처럼 나는 뒤쳐
　　　　지고 뒤쳐져, 결국에는 내가 단지 풍경만을 묘사

할 줄 알고, 그 외의 다른 모든 것은 뼈 속의 골까
지도 모두가 완전히 거짓, 거짓이라고 느끼게 되
지요.

니나　　　선생님은 너무 일을 많이 하셔서, 자신의 가치를
인식할 시간도 열의도 없었던 거예요. 선생님께서
자기 자신에게 불만스럽다고 해도, 다른 사람들에
게 선생님은 위대하고 훌륭한 분이에요! 제가 선
생님 같은 작가라면, 제 인생을 전부 민중에게 바
치겠어요. 그러나 그들은 자신들을 제 수준까지
끌어올렸을 때만이 그들의 행복이 있다는 것을 깨
닫게 될 것이고, 민중들은 나를 전차戰車에 태워
끌고 다닐 거예요.

뜨리고린　　음, 전차라…… 내가 뭐 아가멤논[26]이라도 되나요?

두 사람이 미소 짓는다.

니나　　　작가나 여배우가 되는 행운을 위해서, 저는 가까운
사람들의 미움, 빈궁함, 실망 같은 것은 다 참아내
겠어요. 저는 지붕 밑에서 호밀 빵만을 먹고 살며,
제 자신의 불만과 제 자신의 완벽하지 못함을 의식

---

26 고대 그리스의 미케네의 왕으로 트로이 전쟁의 총사령관.

하고 고민하겠지만, 그 대신에 저는 명예…… 진정
한, 떠들썩한 명예를 바라겠어요…… (양손으로 얼
굴을 가린다) 어지러워요…… 휴우!…….

집에서 아르까지나의 목소리가 들린다. "보리스 알렉세예
비치!"

뜨리고린   나를 부르는군…… 짐을 꾸리는 모양이에요. 하지
만 떠나고 싶지 않군요. (호수를 바라본다) 얼마나
아름다운 풍경이요!…… 참 좋아요!

니나   저쪽 강변에 집과 정원이 보이시죠?
뜨리고린   그래요.
니나   저게 돌아가신 제 어머니의 저택이에요. 저는 저
기서 태어났어요. 저는 이 호수 근처에서 지금까
지 살았기 때문에, 호수 위에 있는 섬은 모두 다
알지요.
뜨리고린   이곳은 참 좋은 곳이에요! (갈매기를 보며) 이건 뭡
니까?
니나   갈매기예요. 꼰스딴찐 가브릴르이치가 죽였어요.
뜨리고린   아름다운 새로군요. 정말, 떠나고 싶지 않군요. 이

리나 니꼴라예브나에게 좀더 머물라고 설득해 주세요. (수첩에 써 넣는다)

니나 무얼 쓰세요?

뜨리고린 그냥, 메모해 두는 거예요…… 소재거리가 떠올라서요…… (수첩을 감추며) 짧은 단편 소설을 위한 소재거리지요. 어느 호숫가에 당신 같은 그런 젊은 처녀가 어린시절부터 살고 있다. 그녀는 갈매기처럼 호수를 사랑하고, 갈매기처럼 행복하고 자유롭다. 그런데 우연히 한 남자가 와서, 그녀를 보고는 아무 생각 없이 바로 이 갈매기처럼 파멸시킨다는 것이지요.

(사이)

창문에 아르까지나가 나타난다.

아르까지나 보리스 알렉세예비치, 어디 계세요?

뜨리고린 지금 가요! (가다가 니나를 돌아본다. 창문 옆에서 아르까지나에게) 왜 그래요?

아르까지나 우리는 더 머무를 거예요.

뜨리고린이 집으로 향해간다.

니나   (라이트를 향해 다가오며, 잠시 생각한 후) 꿈이야!

막이 내린다.

제 3 막

소린 저택의 식당으로 좌·우측에 문이 있는 뷔페식당이다. 약품이 놓여있는 붙박이장이 있고, 식당의 중앙에는 식탁이 놓여 있다. 여행용 가방과 떠날 채비를 갖춘 것으로 보이는 몇 개의 상자가 있다. 뜨리고린은 아침 식사를 하고, 마샤는 테이블 옆에 서 있다.

마샤   나는 이 모든 것을 작가인 당신에게 말씀드리는 거예요. 당신이 활용하셔도 좋아요. 저는 당신에게 솔직히 말씀드리지요. 그 분이 심하게 다쳤었다면, 저는 단 1분도 살 수 없을 거예요. 하지만 저는 용감해요. 저는 확실히 결정했어요. 제 마음 속에서 이 사랑을 뿌리째 뽑아 버리기로요.

뜨리고린   어떤 식으로요?

마샤 시집갈 거예요. 메드베젠꼬에게.

뜨리고린 그 선생님에게요?

마샤 예.

뜨리고린 왜 그럴 필요가 있는지, 이해가 안 되네요.

마샤 희망 없이 사랑을 하고, 몇 해를 그냥 무엇인가를 기다리고 있으니…… 하지만 시집을 가게 되면, 사랑을 할 겨를도 없어지겠지요, 새로운 걱정거리들이 모든 과거를 지워주겠지요. 여하튼, 당신이 아시다시피, 변화가 아니겠어요. 우리 한 잔 더 하지 않으실래요?

뜨리고린 너무 과하지 않겠어요?

마샤 이거 정도야! (잔에 술을 따른다) 그렇게 저를 보지 마세요. 선생님이 생각하시는 것보다, 여자들은 더 자주 마셔요. 약간의 사람들만 저처럼 드러내 놓고 마시고, 대다수는 숨어서 마시지요. 그래요. 그것도 모두 보드카나 코냑을요. (잔을 부딪친다) 선생님을 위해! 선생님은 평범한 분이에요, 선생님과 헤어지기가 섭섭하군요.

뜨리고린 나도 떠나고 싶지 않아요.

마샤 선생님이 부인에게 더 머무르자고 부탁해 보세요.

뜨리고린 아니에요, 이제 더 머물지 않을 겁니다. 아들이 너

무나 버릇없게 행동하고 있어서요. 총으로 자살
시도를 하더니, 아 이제는 나에게 결투 신청을 하
려고 한다는군요. 무엇을 위해서 그러는 거지요?
뽀로통하고 씩씩거리고, 새로운 형식을 주장하
고…… 사실, 새로운 것이나 낡은 것이나, 모두 다
똑같이 자리가 충분한데, 무엇 때문에 충돌하려
할까요?

마샤   아마, 질투 때문이지요. 제가 참견할 일은 아니
지요.

(사이). 야꼬프가 왼쪽에서 오른쪽으로 가방을 들고 지나가고,
니나가 등장해서 창가에 멈춰 선다.

제 선생님은 아주 똑똑하지는 않지만, 선량한 사
람으로 가난해도, 저를 무척 사랑하고 있어요. 저
는 그 사람이 가여워요. 그의 늙으신 어머니도 안
됐고요. 자 그럼, 선생님의 안녕을 빌게 허락해 주
세요. 저를 나쁘게 기억하지 마세요. (손을 꼭 잡
는다) 선생님의 따뜻한 호의에 진심으로 감사드려
요. 저에게 선생님 사인이 든 책을 꼭 보내주세요.
'대단히 존경하는'이라고는 쓰지 마시고, 그냥 '이

세상에서 사는 이유를 모르고, 출생도 알려지지 않은 마리야에게'라고 적어주세요. 안녕히 가세요! (퇴장한다)

니나 (주먹 쥔 손을 뜨리고린 쪽으로 내밀며) 홀수예요, 짝수예요?

뜨리고린 짝수요.

니나 (한숨을 쉬며) 아니에요. 제 손 안에는 콩이 하나밖에 없어요. 배우가 될 것인가 말 것인가를 점쳐본 거예요. 누가 조언이라도 해 주면 좋겠어요.

뜨리고린 그런 것은 조언하는 게 아니에요.

(사이)

니나 우리 작별이군요…… 어쩌면, 우리는 더 이상은 못 볼 거예요. 여기 이 작은 초상이 든 목걸이를 저에 대한 추억으로 받아 주세요. 제가 선생님 성함의 머리글자를…… 그리고 이쪽에는 선생님 저서의 제목인 《낮과 밤》을 새겨 넣게 했어요.

뜨리고린 정말 우아하군요! (초상이 든 목걸이에 입을 맞춘다) 매력적인 선물이에요!

니나 가끔씩이라도 저에 대해 생각해 주세요.

뜨리고린 나는 회상할 거예요. 이 화창한 날에 당신이 어땠는
        지 나는 생각할 거예요, 기억나세요? 일주일 전,
        당신이 밝은 색 원피스를 입었을 때…… 우리는
        이야기를 나누었지요…… 그때 벤치 위에는 하얀
        갈매기가 놓여 있었지요.

니나   (생각에 잠겨서) 그래요, 갈매기가…….

        (사이)

        우리가 더 이상 이야기를 나누면 안 되겠어요, 누
        가 오고 있어요…… 떠나시기 전에 저에게 2분만
        시간을 내 주세요, 부탁드려요…… (왼쪽으로 퇴장
        한다. 동시에 오른쪽에서 아르까지나와 훈장을 단 연
        미복을 입은 소린이 등장한다. 그 뒤로 여행용 작은
        가방을 챙기고 있는 야꼬프가 등장한다)

아르까지나 집에 계세요, 영감님. 류머티스로 그렇게 고생하면
        서 손님으로 다니겠다는 거예요? (뜨리고린에게)
        지금 나간 게 누구죠? 니나예요?

뜨리고린 그래요.

아르까지나 빠르동pardon[27], 우리가 방해했군요……. (앉는다)

───────────
27 프랑스어로 '미안합니다'.

짐이 다 챙겨진 것 같군. 아이 피곤해.

뜨리고린	(초상이 든 목걸이에 적힌 걸 읽는다) 《낮과 밤》 121 페이지, 11~12행.
야꼬프	(테이블 위를 치우며) 낚싯대도 꾸릴까요?
뜨리고린	그래, 그것은 아직은 나한테 필요하니까. 그리고 그 책들은 아무에게나 주세요.
야꼬프	알겠습니다.
뜨리고린	(혼자말로) 121페이지, 11~12행. 이 행들에 무엇이 쓰여 있더라? (아르까지나에게) 여기 집에 내 책들이 있나요?
아르까지나	오빠 서재, 구석에 놓인 책장에 있어요.
뜨리고	121페이지라……. (퇴장한다)
아르까지나	정말로, 뻬뚜루샤 오빠, 집에 그냥 계셨으면 좋겠어요…….
소린	너희들이 떠나고 나면, 너희들 없이 나 혼자 있는 게 괴로워서 그래.
아르까지나	그럼 도시에서는 무슨 일이 있어요?
소린	특별한 일은 없다만, 그래도. (웃는다) 마을회관 기공식도 있고, 뭐 그런 것이지…… 한두 시간이라도 이 꼬치고기[28]같은 생활에서 벗어나고 싶구나,

---

28 살뜨이꼬프 쉐드린의 작품 《영리한 꼬치고기》의 인용.

그렇지 않으면 낡은 파이프처럼 아주 오래도록 누
워 있어야만 해서 말이야. 1시쯤에 말을 준비하라
고 일러두었으니, 같이 떠나자.

아르까지나 (사이를 둔 후에) 아니, 여기서 사세요, 답답해하지
말구요, 감기 조심하세요. 내 아들도 잘 좀 감독하
시면서요. 그 아이를 돌보아 주세요. 잘 타일러 주
세요.

(사이)

이렇게 떠나면, 꼰스딴찐이 왜 자살하려고 했는지
도 모르게 되잖아요. 제 생각에는, 가장 큰 원인이
질투인 것 같아요, 하루라도 빨리 내가 뜨리고린
을 데리고 이곳을 떠나는 게 나을 것 같아요.

소린 글쎄, 어떻게 말해야 하나? 다른 이유들도 있어.
당연한 일이지, 젊고 똑똑한 아이가 돈도, 지위도,
미래도 없이 이런 벽지, 시골에 살고 있거든. 아무
할 일도 없이 말이야. 그 아이는 자신의 태만한 생
활을 부끄러워하고 두려워하고 있는 거야. 나는
그 아이를 매우 사랑하고, 그 아이도 나를 따르지
만, 결국에 그 아이는 이 집에서 자신이 불필요한

존재이고, 식충이나 식객이라고 생각하고 있어.
당연한 일이지, 자존심이…….

아르까지나 그 아이 때문에 괴로워요! (생각에 잠긴다) 그 아이
가 어디서든 근무라도 하면 어떨까요…….

소린 (휘파람을 불고는 잠시 망설이며) 내 생각에는, 만일
네가…… 그 아이한테 돈을 좀 주는 게 최선일 것
같구나. 무엇보다 그 아이한테는 사람다운 옷차
림이 필요해, 그게 다야. 좀 살펴보아라, 그 아이
는 3년 내내 똑같은 저 프록코트를 입고, 외투도
없이 돌아다니고 있다…… (웃는다) 그래, 여행이
라도 좀 보내주는 것도 나쁘지 않을 거야…… 외
국으로 보내도 되고…… 그다지 비싸게 드는 것도
아닌데.

아르까지나 하지만…… 그야 양복 정도는 나도 어떻게 해줄
수 있지만, 외국에 보내는 것은…… 아니, 지금은
양복도 안 되겠어요. (단호하게) 나는 돈이 없어요!

소린이 웃는다.

없어요!

소린 (휘파람을 분다) 그래, 미안하다, 누이야, 화내지

마라. 나는 너를 믿는다…… 너는 너그럽고 고상한 여자이지.

아르까지나 (눈물을 글썽이며) 나는 정말 돈이 없어요!

소린 나에게 돈이 있다면, 당연한 일이지만, 내가 그 아이에게 주겠다만, 나는 아무것도 없구나, 5꼬뻬이까조차도. (웃는다) 내 연금은 전부 지배인이 가져가서는, 농사니 목축이니 양봉이니 하며 다 써버리거든, 그래서 내 돈은 헛되이 사라져 버리고 말아. 벌도 죽어 나가고, 암소도 죽어 나가고, 말은 한번도 나한테 내주지도 않지…….

아르까지나 그래요, 내게는 돈이 있지만, 나는 여배우잖아요. 몸치장 하나만 해도 파산할 지경이에요.

소린 너는 착하고, 사랑스러워…… 나는 너를 존경해…… 그래…… 아니, 내가 또 왜 이렇지…… (비틀거린다) 머리가 빙빙 도는구나. (테이블을 잡는다) 모든 것이 빙빙 도는 것처럼 어지럽구나…….

아르까지나 (놀라서) 뻬뜨루샤 오빠! (그를 부축하려고 애쓰면서) 뻬뜨루샤 오빠…… (소리친다) 나 좀 도와줘요! 도와줘요!…….

머리에 붕대를 감은 뜨레쁠료프와 메드베젠꼬가 등장한다.

외삼촌이 어지럽다는구나!

소린   괜찮아, 괜찮아…… (미소를 지으며 물을 마신다) 이
제 다 지나갔다…… 됐어…….

뜨레쁠료프   (어머니에게) 놀라지 마세요, 어머니, 위험하신 것
은 아니에요. 요즘 외삼촌은 자주 이러세요. (외삼
촌에게) 외삼촌, 좀 누우셔야 돼요.

소린   조금만, 그래…… 하지만 나는 도시에 갈 거야……
잠깐 누웠다가 출발해야겠다…… 당연한 일이
지……. (지팡이에 의지하며 걷는다)

메드베젠꼬   (소린의 팔을 부축하며) 수수께끼가 있지요. 아침에
는 네 다리, 점심때는 두 다리, 저녁때는 세 다리
로 다니는…….

소린   (웃는다) 그렇지. 밤에는 등을 대고 있지, 고마워
요. 나 혼자 걸을 수 있소…….

메드베젠꼬   아니, 뭘, 사양하시기는!……. (그와 소린은 퇴장
한다)

아르까지나   오빠가 나를 얼마나 놀라게 했던지!

뜨레쁠료프   외삼촌한테는 시골에 사시는 게 해로워요. 갑갑해
하세요. 어머니가 마음을 좀 크게 쓰셔서 외삼촌
에게 천오백이나 이천 루블쯤 빌려주시면, 외삼촌
은 일년 내내 도시에서 지내실 수 있을 텐데요.

아르까지나 내게는 돈이 없다. 나는 여배우지, 은행가가 아냐.

(사이)

뜨레쁠료프 어머니, 제 붕대 좀 갈아주세요. 어머니는 이런 거 잘 하시잖아요.

아르까지나 (약장에서 요오드포름과 붕대가 든 상자를 꺼낸다) 의사 선생님이 늦는구나.

뜨레쁠료프 10시쯤 오시겠다고 약속하셨는데, 벌써 12시 네요.

아르까지나 앉아라. (그의 머리에서 붕대를 푼다) 네가 꼭 터번 을 쓴 것 같구나. 어제 어떤 사람이 부엌에 와서, 네가 어느 나라 사람인지 묻더라. 너의 상처는 거 의 다 아물었구나. 아주 작은 상처만 남아있어. (그의 머리에 입을 맞춘다) 너는 내가 없다고 또 다 시 탕탕하지는 않을 거지?

뜨레쁠료프 안 해요, 어머니. 그때는 제가 제 자신을 억제할 수 없을 정도로 심한 절망에 빠져 있던 순간이었 어요. 그런 일은 더 이상 없을 거예요. (그녀 손에 입을 맞춘다) 어머니는 모든 걸 잘 하세요. 저는 기 억해요, 아주 오래 전에, 어머니가 국립 극장에 계

실 때, 아직 제가 어렸을 때지만, 우리 집 마당에
서 싸움이 나서 세 들어 살던 세탁부가 심하게 맞
았지요, 기억나세요? 정신을 잃은 그 여자를 집으
로 안아서 데려 왔었어요······ 어머니는 내내 그
여자에게 가서, 약을 주고, 그 집 아이들을 통에서
씻겨 주셨어요······ 정말로 기억이 안 나세요?

아르까지나 안 나는구나. (새 붕대를 감는다)

뜨레쁠료프 그때 우리가 살았던 집에는 발레리나가 두 명 살
았는데······ 커피를 마시러 어머니한테 오고는 했
어요······.

아르까지나 그것은 생각이 나는구나.

뜨레쁠료프 그들은 그렇게 믿음이 깊은 사람들이었어요.

(사이)

요즘, 이 며칠 사이에 저는 어렸을 때처럼, 그렇게
다정하게 헌신적으로 어머니를 사랑하게 되었어
요. 지금, 저한테는 어머니 말고는 아무도 없어요.
단지 왜, 어째서 어머니는 그 사람 그늘 속에서,
굴복하고 계시는 거죠?

아르까지나 꼰스딴찐, 너는 그 분을 잘 몰라. 그 분은 아주 고

매한 인격을 가졌어…….

뜨레쁠료프 하지만, 제가 그에게 결투 신청을 하려는 걸 알고
는, 그 고결한 인격도 그가 겁쟁이 노릇을 하는 것
을 막지는 못하더군요. 떠난다면서요. 수치스러운
도주이지요!

아르까지나 무슨 바보 같은 소리! 내가 그이에게 여기를 떠나
자고 부탁한 거야.

뜨레쁠료프 고결한 사람이라니! 어머니와 저는 그 사람 때문
에 이렇게 매번 다투고 있는데, 지금 그 사람은 거
실이나 정원에서 우리를 비웃고 있지요…… 니나
를 부추기고, 그녀에게 자기가 천재라는 것을 확
신시키려고 애쓰고 있을 걸요.

아르까지나 너는 나에게 불쾌한 말을 하는 것이 즐거운 모양
이구나. 나는 그분을 존경하고 있으니, 제발 내 앞
에서는 그분에 대해 나쁘게 말하지 않았으면 좋겠
구나.

뜨레쁠료프 하지만 저는 존경하지 않아요. 어머니는 저도 그
사람을 천재로 여겨주기를 바라지만, 죄송하지만,
저는 거짓말을 할 줄 몰라요, 그리고 저는 그 사람
작품이 싫어요.

아르까지나 그것은 질투심이야. 재능은 없고 자부심만 강한

사람들은, 진짜 재능 있는 사람들을 비난하는 것
말고는 아무것도 가진 게 없지. 아무것도 말할 게
없지, 그게 위안거리지!

뜨레쁠료프 (비꼬듯이) 진짜 재능 있는 사람들이라! (화를 내며)
이렇게 된 바에야 말인데 저는 당신들 누구보다
더 재능이 있어요! (머리에서 붕대를 풀어낸다) 완고
한 구습舊習신봉자인 당신들이 예술계의 주도권을
잡고서, 자신들이 하는 것만을 정당하고 진정한
거라 여기며, 나머지는 억압하고 질식시키고 있지
요! 저는 당신들을 인정하지 않아요! 저는 어머니
도 그 사람도 인정하지 않아요!

아르까지나 퇴폐주의자라니!…….

뜨레쁠료프 어머니의 그 사랑스러운 극장에 가서, 그곳에서
초라하고 졸렬한 희곡에서나 연기하세요!

아르까지나 나는 한번도 그런 희곡에는 출연한 적이 없다! 나
를 내버려 둬! 너는 초라한 보드빌[29] 조차 쓸 여력
이 없는 주제에. 끼예프의 속물! 식충이 같으니!

뜨레쁠료프 수전노!

아르까지나 거지같은 놈!

---

29 춤과 노래가 섞인 가볍고 풍자적인 통속 희극.

　　　뜨레쁠료프가 앉아서 조용히 운다.

　　　　　쓸모없는 놈! (화가 나서 서성이다가) 울지 마라. 울
　　　　　것 없다…… (운다) 울 것 없어…… (그의 이마, 뺨,
　　　　　머리에 입을 맞춘다) 내 사랑스런 아들아, 용서해
　　　　　다오…… 이 죄 많은 어미를 용서해 다오. 불행한
　　　　　나를 용서해 다오.

뜨레쁠료프　(그녀를 안으며) 어머니가 알아주셨으면! 저는 모
　　　　　든 걸 잃었어요. 그녀는 저를 사랑하지 않아요, 저
　　　　　는 이제 글을 쓸 수 없어요…… 모든 희망이 다 사
　　　　　라졌어요…….

아르까지나　실망하지 마라…… 모두 다 잘 될 거야. 그분은 곧
　　　　　떠날 것이고, 그 아가씨는 다시 너를 좋아할 거야.
　　　　　(그의 눈물을 닦아 준다) 자 됐지. 우리는 이미 화해
　　　　　한 거다.

뜨레쁠료프　(그녀의 손에 입을 맞춘다) 네, 어머니.

아르까지나　(부드럽게) 그분과도 화해해라. 결투는 필요 없
　　　　　어…… 응, 필요 없지?

뜨레쁠료프　좋아요…… 하지만 어머니, 그 사람하고 만나
　　　　　지 않게만 해 주세요…… 그것은 저에게 고통이
　　　　　고…… 힘에 겨워요…….

뜨리고린이 등장한다.

> 저기 오네요…… 저는 가겠어요…… (재빠르게 약
> 상자를 치운다) 붕대는 의사 선생님이 해줄 거예
> 요…….

뜨리고린   (책을 뒤적인다) 121페이지, 11~12행이라…… 아,
　　　　　여기로군…… (읽는다) "언제든지 당신에게 내 생
　　　　　명이 필요하시면, 와서 가져가세요".

뜨레쁠료프가 마루에서 붕대를 집어 들고 퇴장한다.

아르까지나   (시계를 보며) 곧 마차가 준비될 거예요.

뜨리고린   (혼자말로) '언제든지 당신에게 내 생명이 필요하
　　　　　시면, 와서 가져가세요'.

아르까지나   당신, 짐은 다 챙겼지요?

뜨리고린   (초조하게) 그래요, 그래…… (생각에 잠겨) 왜 이 순
　　　　　수한 영혼의 호소에서 내게는 슬픔이 들리고, 내
　　　　　마음이 이렇듯 아프게 조여드는 거지?…… 만약
　　　　　언제든지 내 생명이 당신에게 필요하면, 와서 가
　　　　　져가세요. (아르까지나에게) 하루 더 있다 갑시다!

아르까지나가 안 된다는 듯이 머리를 가로 젓는다.

　더 있다 가자구요!

아르까지나　나는 무엇이 이곳에서 당신을 붙잡는지 알고 있어
　　　　　요. 하지만 자제심을 좀 가지세요. 당신은 약간 도
　　　　　취된 거예요, 정신 좀 차리세요.

뜨리고린　당신도 역시 냉정하고, 현명하고, 사려 깊었으면
　　　　　해요. 제발 바라는데, 진실한 친구로서 이 모든 것
　　　　　을 바라 봐 줘요…… (그녀의 손을 잡는다) 당신은
　　　　　희생할 줄 아는 사람이에요…… 친구가 되어 주
　　　　　고, 나를 그냥 내버려두세요.

아르까지나　(몹시 흥분하며) 당신은 그렇게 마음이 끌려요?

뜨리고린　그녀에게 무작정 끌려요! 어쩌면, 바로 이것이 내
　　　　　게 필요한 것일 거야.

아르까지나　시골 소녀의 사랑이요? 오, 당신은 어떻게 그리
　　　　　자기 자신을 모르세요!

뜨리고린　사람들은 가끔 걸어가면서 잠을 자기도 하는데,
　　　　　바로 지금 내가 당신과 이야기하고 있지만, 마치
　　　　　자신은 잠을 자는 것 같고, 꿈속에서 그녀를 보고
　　　　　있는 것 같아요…… 달콤하고 묘한 꿈이 나를 사
　　　　　로잡고 있어…… 나를 놓아 줘요…….

아르까지나 (전율하며) 안 돼요, 안 돼…… 나는 평범한 여자예요, 나와 그렇게 말해서는 안 돼요…… 나를 괴롭히지 말아요, 보리스…… 나는 무서워요…….

뜨리고린 만약 원하기만 하면, 당신은 특별한 여자가 될 수 있을 거요. 젊고, 매혹적이고, 시적이며, 환상의 세계로 끌고 가 버리는 사랑, 그 사랑만이 이 세상에서 행복을 줄 수 있지요! 나는 이런 사랑을 아직 경험하지 못했어요…… 젊었을 때는 그럴 여가가 없었소, 나는 편집실 문턱을 드나들며 가난과 싸워야 했었으니까…… 마침내, 이제 그 사랑이 찾아와서 손짓하고 있어요…… 그 사랑을 피해야만 하는 의미가 어떤 것이오?

아르까지나 (화를 내며) 당신은 미쳤어요!

뜨리고린 그러니 놔 줘요.

아르까지나 오늘, 당신들 모두는 나를 괴롭히기로 약속이라도 한 것 같군요! (운다)

뜨리고린 (자기 머리를 감싸 안는다) 이해를 못 하는군! 이해하려고 하지를 않아!

아르까지나 내 앞에서 부끄러워하지 않고, 다른 여자들 이야기를 할 만큼 내가 그렇게 늙고 추해졌다는 거예요? (그를 껴안고 키스한다) 오, 당신은 제정신이 아니에요! 나의 아름답고 경이로운 사람······ 당신은 내 인생의 마지막 페이지예요! (무릎을 꿇는다) 나의 기쁨, 나의 자랑, 나의 행복······ (그의 무릎을 안는다) 만일 당신이 나를 단 한 시간이라도 버린다면, 나는 살아있지 않을 거예요, 미쳐 버릴 거예요, 나의 멋지고 훌륭한 사람, 나의 지배자여······.

뜨리고린 이리로 누군가 들어올지도 몰라요. (그녀가 일어나도록 돕는다)

아르까지나 오라고 해요, 나는 당신에 대한 나의 사랑을 부끄러워하지 않아요. (그의 두 손에 입을 맞춘다) 내 소중한 사람, 무모하게 미친 사람, 당신은 어리석은 짓을 하고 싶겠지만, 나는 싫어요, 놔주지 않을 거예요······ (웃는다) 당신은 내 것이야······ 내 것이라구······ 이 이마도 내 것이고, 이 두 눈도 내 것이며, 이 비단결 같은 아름다운 머리카락도 내 것이야······ 당신은 전부가 다 내 것이에요. 당신은 이 시대의 모든 작가들 중에서 재능 있고, 명석하고, 가장 뛰어난 사람이며, 당신은 러시아의 유일한 희망이에요······ 당신에게는 진실하고 소박하며, 신선하고 건강한 유머가 있어요······ 당신은 단 한 줄로 인물이나 풍경에 있어서 특징적이고 중요한 것을 전달할 수 있고, 당신 작품의 등장 인물은 마치 살아있는 것 같아요. 오, 희열 없이는 당신의 작품을 읽을 수가 없어요! 당신은 이것을 아첨이라고 생각하세요? 내가 구슬리는 거 같아 요? 자, 내 눈을 보세요…… 보세요…… 내가 거 짓말쟁이처럼 보여요? 오직 나만이 당신의 진가 를 알아요, 나만이 당신에게 진실을 말하고 있어 요, 내 사랑, 귀중한 이…… 같이 가는 거예요? 그 렇지요? 당신이 나를 버리지는 않겠지요?…….

뜨리고린　내게는 자기 의지라는 게 없어요…… 나는 한 번 도 내 의지라는 것을 가져보지를 못했소…… 생기 없고 나약하고 언제나 순종적이지. 도대체 이런 내가 어떻게 여자들의 마음에 들까요? 나를 데려 가요, 붙들고 데려가요, 하지만 나한테서 한 발자 국도 떨어지지 말아요…….

아르까지나　(혼자말로) 저 사람은 이제 내 것이야. (아무 일도 없었던 것처럼 거리낌 없이) 하지만 만약 원하신다 면, 남아 있어도 좋아요…… 나는 먼저 떠날 테니, 당신은 일주일 지난 후에 오세요. 사실, 당신이 급 할 게 뭐 있어요?

뜨리고린　아니, 같이 갑시다.

아르까지나 좋으실 대로. 같이 가려거든, 같이 가는 거고…….

(사이)

뜨리고린이 수첩에 적어 넣는다.

당신은 무엇을 쓰세요?

뜨리고린 아침에 좋은 표현을 들었어요. '처녀림……'이라는 말이오. 쓸 데가 있을 거요. (기지개를 켠다) 그럼, 떠나는 거지요? 또다시 기차, 정거장, 식당, 커틀릿, 대화…….

샴라예프 (등장한다) 이런 말씀을 드려 슬프지만, 말이 준비되었습니다. 부인, 정거장으로 가실 시간입니다. 기차가 2시 5분에 도착하니까요. 이리나 니꼴라예브나, 제발 부탁드리는데, 배우 수즈달쩨프가 지금 어디 있는지 알아보시는 거 잊지 말아 주세요? 살아있는지? 건강한지요? 언젠가 우리는 같이 술을 마셨지요…… 그는 《강탈당한 우체국》에서 타의 추종을 불허하는 연기를 했지요…… 그 당시 엘리사베뜨그라드에는 비극 배우, 이즈마일로프가 있었는데, 그도 역시 아주 훌륭한 배우였지요…… 서두르지 마세요. 부인, 5분 정

도는 여유가 있으니까요. 한 번은 멜로드라마에
서 그들이 음모가의 역할을 했는데, 그들이 갑자
기 붙잡히게 되었을 때, "우리는 함정에 빠졌어
Мыпопали взападню"라고 해야 하는 것을, 이즈
마일로프가 "우리는 함성에 빠졌어Мыпопали в
запандю"라고 말했지요······ (크게 웃는다) 함성에
запандю[30]!······.

그가 말하고 있는 동안, 야꼬프는 가방들 주변에서 분주히 일
하고, 하녀는 아르까지나에게 모자, 망토, 우산, 장갑 등을 가져
다준다. 모두들 아르까지나가 옷 입는 것을 돕는다. 왼쪽 문에서
들여다보고 있던 요리사가 한참 주저하다가 머뭇거리며 등장한
다, 뽈리나 안드레예브나, 그 뒤로 소린, 메드베젠꼬가 등장한다.

뽈리나 안드레예브나 (작은 바구니를 들고) 여기 자두인데 가시는
　　　　길에 드시라고 가져왔어요······ 아주 달아요. 맛있
　　　　는 것을 드시고 싶을 때 드세요······.

---

30 러시아어 'за па Дня'는 원래 '덫' 혹은 '함정'을 의미한다. 여기에서 이 단
　어는 일종의 말장난의 대상 단어로 배우가 'за па Дня'로 발음해야 할 것
　을 실수로 비슷한 'за па Дня'로 했다는 점에 착안하여 본서에서는 러시
　아어 단어에 없는 'за па Дня'를 '함정'에 유사하게 발음되는 우리말 단어
　'함성'으로 번역하였다.

아르까지나 당신은 정말 친절하군요, 뽈리나 안드레예브나.

뽈리나 안드레예브나 안녕히 가세요, 부인! 혹시 불편한 점이
있었다면, 용서해 주세요. (운다)

아르까지나 (그녀를 안으며) 전부 다 좋았어요, 전부 다 좋았어
요. 다만 이렇게 우는 것은 좋지 않군요.

뽈리나 안드레예브나 우리의 시대가 끝나가고 있어요!

아르까지나 어쩔 수 없는 일이지요!

소린 (두건이 달린 짧은 외투에 모자를 쓰고, 지팡이를 든
채 왼쪽에서 등장한다. 방을 가로지르면서). 누이동
생아, 어쨌든 늦지 않으려면 지금 떠나야 한다. 나
는 가서 앉아 있으마. (퇴장한다)

메드베젠꼬 저는 역까지 걸어서 가겠습니다…… 배웅하러. 저
는 서둘러……. (퇴장한다)

아르까지나 잘 있어요. 여러분…… 만약 살아있고 건강하면,
여름에 또 만나게 될 거예요…….

하녀, 야꼬프, 요리사가 그녀의 손에 입을 맞춘다.

나를 잊지 말아요. (요리사한테 1루블을 준다) 자 여
기 1루블, 세 사람이 나눠가지세요.

요리사 정말 고맙습니다, 마님. 좋은 여행되세요! 좋은 일

만 가득하시길!

야꼬프　신의 가호로 평안하시기를!

샴라예프　편지 주시면 기쁠 겁니다! 안녕히 가세요, 보리스
알렉세예비치!

아르까지나　꼰스딴찐은 어디 있어요? 내가 떠난다고 그 아이
에게 말해줘요. 작별인사를 해야 되는데. 나를 나
쁘게들 생각하지 말아요. (야꼬프에게) 요리사에게
1루블 주었어. 세 사람 몫이에요.

모두 오른쪽으로 퇴장한다. 무대가 텅 빈다. 무대 뒤에서 배웅
할 때 흔히 들리는 소음이 들린다. 하녀가 책상 위의 자두 바구니
를 가지러 되돌아왔다가 들고 퇴장한다.

뜨리고린　(되돌아 와서) 지팡이를 잊었어. 저기 테라스에 있
을 것 같은데. (나가다가 왼쪽 문 옆에서 들어오는 니
나와 마주친다) 당신이군요? 우리는 떠나요.

니나　저는 우리가 다시 만날 것 같은 느낌이 들어요.
(흥분해서) 보리스 알렉세예비치, 저는 확실하게
결정했어요, 주사위가 던져진 거죠, 저는 무대에
설 거예요. 내일이면 저도 이 곳에 없을 거예요,
아버지 곁을 떠나, 모든 걸 버리고, 새로운 삶을

시작할 거예요…… 저도 당신처럼 떠날 거예요…
모스끄바로요. 우리 거기서 만나요.

뜨리고린 (주위를 살펴보며) 슬라뱐스끼 바자르[31]에 머무르세
요…… 곧바로 나에게 알려 주세요…… 몰차노프
까 거리, 그로홀스끼 건물이에요…… 나는 서둘러
가야 하니…….

(사이)

니나 1분만 더요…….

뜨리고린 (작은 소리로) 당신은 정말 아름다워요…… 오, 우
리가 곧 만날 거라고 생각하니 얼마나 행복한지!

그녀는 그의 가슴에 기댄다.

나는 또다시 이 매혹적인 눈, 말로 다 표현할 수
없이 아름답고 부드러운 미소…… 이 온화한 얼
굴, 천사 같은 순수한 표정을 볼 수 있다니…… 내

31 모스끄바의 니꼴스까야 거리에 있는 유명한 호텔과 레스토랑 이름.

사랑…….

두 사람이 오랫동안 키스한다.

막이 내린다.

3막과 4막 사이에 2년이 경과한다.

제 4 막

꼰스딴찐 뜨레쁠료프가 작업실로 사용하는 소린 저택의 거실들 중 하나의 방이다. 좌우 양쪽에 내실로 통하는 문이 있고, 정면에는 테라스로 나가는 유리문이 있다. 평범한 거실 가구 외에도 오른쪽 구석에 책상과 왼쪽 문 옆에 터키식 소파와 책장이 있다. 창가와 의자들 위에 책들이 놓여 있다. 저녁이다. 갓을 씌운 등불 하나가 켜져 있다. 어슴푸레하게 어둡다. 나무들이 흔들리는 소리와 굴뚝에서 바람이 울부짖는 소리가 들린다. 야경꾼이 딱딱이를 두드린다.

메드베젠꼬와 마샤가 등장한다.

마샤   (소리쳐 부른다) 꼰스딴찐 가브릴르이치! 꼰스딴찐 가브릴르이치! (주위를 둘러본다) 아무도 없네. 영감님이 매분마다 '꼬스짜는 어디 있지, 꼬스짜는

어디 있지' 하고 물으시니…… 그이 없이는 살 수
가 없나 봐요…….

메드베젠꼬 혼자 있는 게 두려워서 그러는 거야. (귀를 기울인
다) 정말 끔찍한 날씨군! 벌써 이틀이나 연속 이
러니…….

마샤 (램프에서 불을 돋운다) 호수에 파도가 심해요. 큰
파도가.

메드베젠꼬 정원이 아주 컴컴하군요. 정원에 있는 저 무대를
없애라고 말하는 게 좋을 것 같아요. 해골처럼 벗
겨져서 흉하게 서 있는데다, 커튼까지 바람에 펄
럭이며 소리를 내니. 어제 저녁에 옆을 지나는데,
마치 누가 거기서 울고 있는 것 같았어요.

마샤 또 그런 소리…….

(사이)

메드베젠꼬 집으로 갑시다, 마샤!

마샤 (머리를 부정적으로 가로 저으며) 나는 여기서 밤을
지낼 거예요.

메드베젠꼬 (애원하듯) 마샤, 같이 갑시다! 우리 아기가 아마
배고파 할 거요.

마샤   걱정 말아요. 마뜨로나가 아기에게 젖을 먹일 거
            예요.

      (사이)

메드베젠꼬   불쌍해서 그래. 벌써 사흘 밤이나 엄마 없이 지냈
            으니.

마샤   당신도 참 따분한 사람이 되었어요. 예전에는 곧
            잘 철학적인 이야기도 하더니, 이제는 항상 아
            이, 집, 아이, 집 말고, 다른 소리는 전혀 듣지를
            못하니.

메드베젠꼬   같이 갑시다, 마샤!

마샤   당신이나 가세요.

메드베젠꼬   당신 아버지는 나에게 말을 내 주지 않을 거요.

마샤   주실 거예요. 당신이 부탁하면, 주실 거예요.

메드베젠꼬   그럼, 부탁해보지. 당신 내일은 오는 거지?

마샤   (담배 냄새를 맡는다) 그래요, 내일 갈게요. 귀찮게
            하기는…….

      뜨레쁠료프와 뽈리나 안드레예브나가 등장한다. 뜨레쁠료프
      는 베개와 담요를, 뽈리나 안드레예브나는 침대 시트를 들고 와

서 터키식 소파 위에 놓고, 뜨레쁠료프는 자신의 책상으로 가 앉
는다.

마샤   왜요, 엄마?

뽈리나 안드레예브나 뾰뜨르 니꼴라예비치께서 꼬스짜 방에다
           가 잠자리를 펴 달라고 하시는구나.

마샤   제가 할게요……. (자리를 편다)

뽈리나 안드레예브나 (한숨쉬며) 늙으면, 어린애가 된다더니…….
           (책상으로 다가가 팔을 괴고서 원고를 쳐다본다)

           (사이)

메드베젠꼬   그럼 저는 가겠어요. 안녕, 마샤. (아내의 손에 입을
           맞춘다) 안녕히 계세요, 장모님. (장모 손에 입을 맞
           추려고 한다)

뽈리나 안드레예브나 (귀찮은 듯이) 그래! 잘 가게.

메드베젠꼬   안녕히 계세요, 꼰스딴찐 가브릴르이치.

    뜨레쁠료프가 말없이 손을 내민다. 메드베젠꼬가 퇴장한다.

뽈리나 안드레예브나 (원고를 보며) 꼬스짜, 당신이 진짜 작가가

되리라고는 누구도 생각하지 못하고 예측하지도 못했어요. 그런데 신이 보호하사, 잡지사에서 돈을 당신에게 보내게 되었으니. (그의 머리를 쓰다듬는다) 게다가 멋있어지고…… 사랑스럽고 착한 꼬스짜, 우리 마쉔까한테 조금만 더 다정하게 대해 줘요!…….

마샤 (자리를 펴며) 그분을 그냥 놔둬요, 엄마.

뽈리나 안드레예브나 (뜨레쁠료프에게) 저 아이는 괜찮은 편이에요.

(사이)

꼬스짜, 여자한테는 아무것도 필요 없고, 그저 다정한 눈으로 봐 주기만 하면 돼요. 내 경험으로 알아요.

뜨레쁠료프가 책상에서 일어나 말없이 나간다.

마샤 그것 보세요, 화났잖아요. 귀찮게 할 필요가 뭐 있어요!

뽈리나 안드레예브나 나는 네가 불쌍해서 그래, 마쉔까.

마샤   그런 동정은 필요 없어요!

뽈리나 안드레예브나 너 때문에 내 가슴이 미어지게 아파. 나도
         다 보고 있어서, 다 이해한다.

마샤   다 어리석은 일이에요. 희망 없는 사랑은 소설 속
         에서나 있는 거예요. 부질없는 거죠. 자신을 함부
         로 하지 말고, 내내 무엇인가를 기다리며 공연한
         기대를 하지도 말아야 해요…… 만일 가슴에 사랑
         이 싹트면, 그걸 멀리 던져 버려야만 해요. 남편이
         다른 군郡으로 전근 간다고 했어요. 다른 곳으로
         가면 모든 걸 잊을 거예요…… 가슴속에서 뿌리째
         뽑아 버릴 거예요.

         두 방 건너에서 우울한 왈츠가 연주되고 있다.

뽈리나 안드레예브나 꼬스짜가 연주하는구나. 울적한 모양이
         구나.

마샤   (소리 없이 왈츠 곡에 맞춰 두세 바퀴 돈다) 엄마, 중
         요한 것은 눈앞에서 보지 않는 거예요. 우리 세묜
         이 자리를 옮기면, 맹세하지만, 한 달 안에 깨끗이
         잊을 거예요. 전부 부질없는 거예요.

왼쪽 문이 열리고 도른과 메드베젠꼬가 소린이 탄 바퀴달린 안락의자를 밀고 등장한다.

메드베젠꼬   이제 저희 집은 여섯 식구입니다. 그런데 밀가루는 한 뿌드[32]에 7그리벤[33] 이나 하죠.

도른   그래서 그렇게 쩔쩔매는가요.

메드베젠꼬   당신은 웃으실 수 있어서 좋겠지요. 당신 집에서는 닭도 돈은 쪼아 먹지 않을 정도로 남아도니까요.

도른   돈이라? 이봐요 친구, 30년 동안 치료에, 불안한 수술에, 나는 밤낮으로 일해서 모은 돈이 겨우 2천 루블인데, 그것마저도 이번 외국 여행에 다 써버렸소. 이제 나는 아무것도 가진 게 없어요.

마샤   (남편한테) 당신 안 갔어요?

메드베젠꼬   (죄라도 지은 듯이) 글쎄 어떻게 해요? 마차를 안 내주는데!

마샤   (너무 화가 나서 속삭이듯) 제발 당신이 내 눈앞에서 보이지 않았으면 좋겠어요!

---

32 러시아 중량 단위로 1뿌드는 16.38킬로그램.
33 러시아 화폐 단위로 1그리벤은 10꼬뻬이까.

바퀴달린 안락의자는 방의 왼쪽 중앙에 멈춘다. 뽈리나 안드
레예브나, 마샤, 도른이 그 옆에 앉는다. 메드베젠꼬는 애처롭게
한쪽으로 물러선다.

도른   그런데 당신 집은 정말 많이 변했어요! 거실이 서
         재로 바뀌었으니.

마샤   꼰스딴찐 가브릴르이치가 여기서 일하는 게 더 편
         하시데요. 원하실 때는 정원에 나가 그곳에서 생
         각을 할 수 있으니까요.

야경꾼의 딱딱이 소리가 들린다.

소린   누이동생은 어디 있지?

도른   뜨리고린을 마중하러 정거장에 갔어요. 이제 곧
         올 거예요.

소린   당신이 내 누이동생을 이리로 부를 필요를 느낀
         걸보니 내 병세가 심각한 모양이지. (잠시 말을 멈
         춘 후) 그래도 이상한 일이야, 내가 심각하게 아프
         다면서, 나에게 아무런 약도 안 주니.

도른   그래 당신은 무얼 원하시는데요? 신경 안정제요?
         소다요? 아니면 키니네요?

소린   또 철학이 시작되었군. 오, 이게 무슨 형벌인지!
          (머리로 소파를 가리키며) 이게 내 잠자리요?

뽈리나 안드레예브나   당신을 위한 자리예요, 뾰뜨르 니꼴라예
          비치.

소린   고맙소.

도른   (노래를 부른다) "밤하늘을 따라 달이 항해를 하
          고……."

소린   나는 꼬스짜한테 소설의 소재를 주고 싶어요.
          그것은 이렇게 불려야 할 거요. 〈롬 끼 아 불류
          L'homme qui a voulu〉.[34] 젊었을 때, 나는 작가가
          되고 싶었지만, 되지 못했고, 멋지게 말하고 싶었
          지만, 혐오스럽게 말하고 (자신에게 화를 내며)
          '모든 게 다 이 모양이지, 이것도 아니고 저것도
          아닌……' 이런 식으로 말이오. 이걸 다 요약해 보
          려고 노력했었는데, 진땀까지 **뺐**었다니까. 결혼하
          고 싶었는데 하지 못했고, 항상 도시에서 살고 싶
          었는데 이렇게 인생을 시골에서 끝마치게 되었으
          니, 이게 전부이지.

도른   4등 문관은 원해서 되었잖아요.

소린   (웃는다) 그것은 내가 되려고 노력하지도 않았소.

---

34 프랑스어로 '무엇인가를 하려고 했던 사람'.

그냥 그렇게 저절로 된 거요.

도른 예순두 살 씩이나 되신 분이 인생이 불만족스럽다고 하는 게, 그리 관대하지 않다는 것에는 동의하시지요.

소린 정말 고집불통이시군. 아시겠소, 나는 살고 싶단 말이오!

도른 그게 경솔한 거지요. 자연의 법칙에 따라 모든 생명은 끝이 있기 마련이에요.

소린 당신은 배부른 사람으로서 판단하는 거요. 당신은 풍족하기 때문에 인생에 대해 무관심하고, 만사가 어떻든 상관없지요. 그렇지만 죽을 때는, 당신도 두려울 거요.

도른 죽음에 대한 공포는 동물적인 거예요…… 그것을 극복해야만 해요. 의식적으로 죽음을 두려워하는 것은 단지 영생永生을 믿는 사람들뿐이에요, 그들은 자신들의 죄가 무섭거든요. 하지만 당신은, 첫째, 믿음이 있는 분도 아닌데다, 둘째, 당신한테 무슨 죄가 있지요? 당신은 단지 사법기관에서 25년간 근무한 게 전부잖아요.

소린 (웃으며) 28년이요…….

　　　　뜨레쁠료프가 등장해서 소린의 발치에 있는 작은 의자에 앉는
다. 마샤는 잠시도 뜨레쁠료프에게서 눈을 떼지 않는다.

도른　　　　우리가 꼰스딴찐 가브릴로비치가 일하는 것을 방
　　　　　　해했나 보군.

뜨레쁠료프　아니에요, 괜찮아요.

　　　(사이)

메드베젠꼬　실례지만, 의사 선생님, 외국에서 어느 도시가 가
　　　　　　장 마음에 드셨습니까?

도른　　　　제노바요.

뜨레쁠료프　왜 제노바지요?

도른　　　　그 곳은 거리의 멋있는 군중들이 있어요. 저녁에
　　　　　　호텔에서 나와 보면, 군중들이 모든 길을 가득 메
　　　　　　우고 있지요. 아무런 목적도 없이 그 군중 속에 섞
　　　　　　여 이리 저리 꺾여진 길을 따라 함께 움직이다 보
　　　　　　면, 그들과 함께 하면서 심적으로 결합하게 되고,
　　　　　　언젠가 당신의 연극에서 니나 자레츠나야가 연기
　　　　　　했던 것 같은 그런 하나의 세계 영혼이라는 것이
　　　　　　정말로 가능하다는 것을 믿기 시작하게 되지요.

말이 나왔으니 말인데, 자레츠나야는 지금 어디 있습니까? 어디에 있고 어떻게 지내나요?

뜨레쁠료프 아마도 건강하게 잘 있을 거예요.

도른 내가 듣기로는, 그녀가 아주 특별한 삶을 살았다 던데. 어떻게 된 겁니까?

뜨레쁠료프 의사 선생님, 그것은 너무 긴 이야기예요.

도른 당신이 간단하게 말해 봐요.

(사이)

뜨레쁠료프 그녀는 집을 나가, 뜨리고린과 함께 살았어요. 그 것은 당신도 아시지요?

도른 알지요.

뜨레쁠료프 그녀에게 아이가 있었어요. 그런데 아이가 죽었어 요. 뜨리고린은 그녀에 대한 사랑이 식어, 예상되 는 것처럼, 이전에 사랑하던 사람한테로 돌아갔지 요. 사실, 그는 예전의 연인을 버린 게 아니라, 의 지가 약해서, 이쪽 저쪽을 교묘히 속인 거지요. 제 가 이해하고 알고 있는 한에서, 니나의 사생활은 완전히 실패했어요.

도른 그럼 무대에서는요?

뜨레쁠료프   더 나빴던 것 같아요. 그녀는 모스끄바 근교에 있
는 별장 무대에서 데뷔하고서, 그 후에 지방으로
떠났어요. 그때 저는 그녀의 행방을 놓치지 않으
려고, 그녀가 가는 곳이면 어느 곳이든 나는 그녀
를 한동안 따라 다녔어요. 그녀는 항상 비중 있는
역을 맡았는데, 우는 듯한 목소리와 격한 몸짓으
로 조잡하고 개성 없이 연기했어요. 때로는 멋지
게 소리치고, 멋지게 죽는 연기를 하기도 했지만,
그것도 한 순간 뿐이었지요.

도른   어쨌든, 재능이 있다는 건가요?

뜨레쁠료프   이해하기 어려운 문제예요. 있다고 봐야지요. 저
는 그녀를 보았지만, 그녀는 저를 만나려 하지 않
아서, 하녀가 저를 그녀의 방에 들여보내 주지 않
더군요. 저는 그녀의 심정을 이해할 수 있었고, 그
래서 만나 달라고 강요하지 않았지요.

(사이)

당신에게 무엇을 더 말씀드려야 할까요? 제가 집
에 돌아온 후에 그녀에게서 온 편지를 받았어요.
재치 있고 다정하고 흥미롭게 씌어진 편지였지요.

그녀는 푸념하지 않았지만, 저는 그녀가 아주 불행하다는 것을 느꼈어요. 병적이고 긴장된 심리가 드러난 행이 한두 개가 아니었거든요. 그리고 상상력도 좀 혼란스럽더군요. 그녀는 갈매기라고 서명을 했더군요. 《루살까》³⁵에서 방앗간 주인이 자기가 까마귀라고 말하는 것처럼, 편지마다 매번 그녀가 갈매기라고 되풀이해 썼지요. 지금 그녀는 이곳에 있어요.

도른   아니, 어떻게 이곳에 있지요?

뜨레쁠료프   시내 여관에 묵고 있어요. 벌써 한 5일 정도 여관의 한 방에서 묵고 있지요. 저도 그녀에게 가 보고, 여기 마리야 일리니쉬나도 가 보았지만, 그녀는 아무도 만나 주지 않았어요. 세묜 세묘노비치가 어제 점심 식사 후, 여기서 2베르스따³⁶ 떨어진 들판에서 그녀를 보았다지요.

메드베젠꼬 네, 제가 보았어요. 저기, 시내 쪽으로 그녀가 걸어가고 있었어요. 제가 인사를 하고, 왜 저희를 방문하지 않느냐고 물었지요. 그녀가 오겠다고 말하더군요.

---

35 A.C.뿌쉬낀의 작품.
36 미터법 시행 전 러시아의 거리단위로 1베르스따는 1,067킬로미터임.

뜨레쁠료프   그녀는 오지 않을 겁니다.

(사이)

그녀의 부친과 계모는 그녀에 대해 알기를 바라지 않아요. 집 근처에 못 오게 하려고 사방에다 경비원들을 세워 놓았어요. (의사 선생과 함께 책상으로 다가간다) 의사 선생님, 종이 위에서 철학자가 되는 것은 정말 쉬운데, 실제로는 너무 어려운 일이에요!

소린   매력적인 아가씨였어.

도른   뭐라고요?

소린   매력적인 아가씨였어. 4등 문관인 소린조차도 한동안 그녀에게 반했었으니까.

도른   늙은 바람둥이시군.

샴라예프의 웃음소리가 들린다.

뽈리나 안드레예브나   정거장에서 돌아들 오신 모양이군요…….

뜨레쁠료프   그런 모양이네요, 어머니 목소리가 들려요.

아르까지나와 뜨리고린이 등장하고, 그 뒤에 샴라예프가 등장
한다.

삼라예프   (등장하며) 우리는 전부 늙어가고, 자연의 영향 하
　　　　　에서 점점 사라져 가는데, 부인께서는 여전히 젊
　　　　　음을 유지하십니다…… 밝은 색 재킷에, 생기 있
　　　　　으시고…… 우아하시니…….

아르까지나 당신은 또 나를 잔뜩 추켜세워서 귀신이 저주하게
　　　　　할 작정이지요, 지겨운 분 같으니!

뜨리고린   (소린에게) 안녕하셨어요, 뾰뜨르 니꼴라예비치!
　　　　　왜 이렇게 항상 앓고만 계십니까? 이러시면 안 되
　　　　　는데! (마샤를 보고는 기쁘게) 마리야 일리니치나[37]!

마샤   기억하시겠어요? (그의 손을 잡는다)

뜨리고린   결혼하셨나요?

마샤   오래 전예요.

뜨리고린   행복하신가요? (도른, 메드베젠꼬에게 인사하고는,
　　　　　뜨레쁠료프에게로 주저하며 다가간다) 이리나 니꼴
　　　　　라예브나가 당신이 이미 옛일은 다 잊었고, 화도
　　　　　풀렸다고 말하더군요.

───────────
37 러시아어 부칭으로 원래는 '마리야 일리예브나'이지만, 애칭으로 '마리야 일
　리니치나'로 친밀한 감정을 담아 축약하여 부르고 있는 것이다.

뜨레쁠료프가 그에게 손을 내민다.

아르까지나   (아들에게) 자 여기, 보리스 알렉세예비치가 너의
새로운 단편소설이 실린 잡지를 가져오셨구나.

뜨레쁠료프   (책을 받으며, 뜨리고린에게) 감사합니다. 당신은 정
말 친절하시군요.

모두가 앉는다.

뜨리고린   당신의 독자들이 당신에게 안부 전해 달라더군
요…… 지금 뻬쩨르부르그와 모스끄바에서는 당
신에 대한 관심이 대단한데, 모두들 저한테 당신
에 대해서 물어보고는 해요. 어떤 사람인지, 몇 살
인지, 갈색머리인지, 금발 머리인지를 물어보지
요. 모두들 왜 그런지 당신이 젊지 않을 거라고 생
각하더군요. 필명을 사용하기 때문에 아무도 당신
의 본명은 모르지요. 당신은 '철가면'같이 비밀스
러운 존재예요.

뜨레쁠료프   여기에 오래 머무르실 겁니까?

뜨리고린   아닙니다, 나는 내일 모스끄바로 갈 생각입니다.
그럴 필요가 있어서요. 중편소설을 서둘러 끝내야

하고, 또 게다가 전집에 작품을 싣기로 약속을 했
어요. 한마디로 항상 같은 이야기지요.

그들이 이야기하는 동안 아르까지나와 뽈리나 안드레예브나
는 방 한가운데에 카드용 탁자를 펴 놓는다. 샴라예프는 촛불을
켜고, 의자를 가져다 놓는다. 서랍장에서 로또[38]를 꺼낸다.

날씨가 나를 정답게 맞아 주지 않는군요. 바람도
지독하고요. 내일 아침에 바람이 자면, 나는 호수
에 낚시나 하러 갈까 해요. 정원과 당신 연극이 공
연된 곳도 살펴볼까 해요. 기억하시지요? 작품의
모티브가 떠올랐는데, 사건이 일어난 장소, 그곳
에 대한 기억을 새롭게 할 필요가 있어서요.

마샤   (아버지에게) 아버지, 저 이한테 말을 좀 내 주세
          요! 저 사람은 집에 가야 해요.

샴라예프   (흉내 내며) 말을…… 집에…… (매정하게) 네 눈으
          로 보았잖아, 지금 막 정거장에서 돌아온 걸. 또
          다시 내몰아서는 안 된다.

마샤   다른 말들도 있잖아요…… (아버지가 침묵하는 것을
          보고, 손을 내젓는다) 아버지와 이야기하는 게…….

---

38 가정에서 즐기는 숫자를 맞추는 카드놀이의 일종.

메드베젠꼬   마샤, 나는 걸어서 갈게. 정말…….

뽈리나 안드레예브나   (한숨쉬며) 걸어서 간다고, 이런 날씨
에……. (카드용 탁자 앞에 앉으며) 자, 여러분.

메드베젠꼬   전부 해야 겨우 6베르스따인데요…… 잘 있어 (아
내 손에 입을 맞춘다) 장모님, 안녕히 계세요

장모는 마지못해 손을 내밀며, 그가 입을 맞추도록 한다.

여러분에게 이렇게 평온을 깨뜨리고 싶지는 않지
만, 아기 때문에…… (모두에게 인사한다) 안녕히
계세요……. (퇴장한다. 미안한 듯한 걸음걸이로)

샴라예프   어련히 잘 알아서 갈까. 장군도 아니면서.

뽈리나 안드레예브나   (탁자를 두드리며) 자, 여러분. 이제 곧 저
녁식사하라고 부를 시간이니, 시간을 낭비하지 말
아요.

샴라예프, 마샤, 도른이 테이블 앞에 앉는다.

아르까지나   (뜨리고린에게) 기나긴 가을 저녁이면, 여기서 로또
게임을 했어요. 여기 좀 보세요. 우리가 어렸을 때,
돌아가신 우리 어머니가 우리와 함께 놀았던 오래

된 로또예요. 저녁식사가 준비될 때까지 우리랑 게임하지 않겠어요? (뜨리고린과 함께 테이블에 앉는다) 지루한 게임이지만, 그것에 익숙해지면, 이것도 괜찮아요. (모두에게 카드를 3장씩 나누어 준다)

뜨레쁠료프 (잡지를 뒤적이며) 자기 작품만 읽고, 내 작품은 손도 대지 않았어. (잡지를 책상에 놓고, 왼쪽 문으로 간다. 어머니 곁을 지나며 그녀의 머리에 입을 맞춘다)

아르까지나 그래 너는, 꼬스쨔?

뜨레쁠료프 죄송합니다만, 왠지 하고 싶지 않아요…… 산책 좀 하고 올게요. (퇴장한다)

아르까지나 10꼬뻬이까 걸어요. 의사 선생님, 제 대신 좀 내 주세요.

도른 알겠습니다.

마샤 모두 다 내셨지요? 제가 시작합니다…… 22!

아르까지나 여기 있어요.

마샤 3!

도른 그렇지.

마샤 3을 내셨어요? 8! 81! 10!

샴라예프 서두르지 마라.

아르까지나 하리꼬프에서 나를 얼마나 환영을 해 주었던지,

세상에, 지금까지 머리가 빙빙 돌 지경이에요!

마샤   34!

무대 뒤에서 우울한 왈츠가 들려온다.

아르까지나   대학생들이 갈채를 보냈고…… 꽃바구니 3개에,
           꽃다발이 2개, 그리고 이것도……. (가슴에서 브로
           치를 떼어서 테이블 위에 던진다)

샴라예프   네, 멋진 것이네요…….

마샤   50!…….

도른   정확하게 50이지요?

아르까지나   내 의상은 정말 아름다웠어요…… 뭐니 뭐니 해
           도, 옷 입는 것에서는 나는 바보가 아니니까요.

뽈리나 안드레예브나   꼬스짜가 연주하고 있어요. 가엾게도 울
           적한 모양이에요.

샴라예프   여러 신문들에서 그를 혹평하고 있더군요.

마샤   77!

아르까지나   저는 그런 것에는 관심이 없어요.

뜨리고린   그는 운이 없어요. 모든 것에서 자신의 진정한 음
           조를 전혀 찾지 못하고 있거든요. 무엇인가 이상
           하고 애매한 데가 있고, 때로는 잠꼬대와 비슷하

기조차 해요. 살아있는 인물이 하나도 없어요.

마샤　　　　11!

아르까지나　(소란을 쳐다보며) 뻬뜨루샤, 오빠 지루해요?

(사이)

주무시고 있네.

도른　　　　4등 문관께서 주무시는군.

마샤　　　　7! 90!

뜨리고린　　만일 내가 이런 호숫가, 저택에서 살았다면, 내가 글을 쓰게 되었을까요? 나는 그런 욕망은 혼자서 눌러 버리고 낚시만 했을 겁니다.

마샤　　　　28!

뜨리고린　　쏘가리나 농어를 잡는다는 것은, 정말 커다란 행운이지요!

도른　　　　나는 꼰스딴찐 가브릴르이치를 믿어요. 무엇인가가 있어요! 뭔가 말예요! 그는 이미지들로서 사색을 하고, 그의 작품들은 인상이 강하고 선명하지요, 나는 그걸 강하게 느껴요. 단지 아쉬운 것은 특정한 문제를 가지지 않았다는 겁니다. 인상만 남기고는 더 이상의 것이 없다는 것이지요, 아시다시피 인상 하나만 가지고는 멀리 가지 못하지요. 이리나 니꼴라예브나, 당신의 아들이 작가라서 기쁘지요?

마샤   26!

뜨레쁠료프가 조용히 들어와서 자기 책상으로 간다.

삼라예프   (뜨리고린에게) 보리스 알렉세예비치, 저희 집에 당신의 물건이 남아 있습니다.

뜨리고린   무엇인데요?

삼라예프   언젠가 꼰스딴찐 가브릴르이치가 갈매기를 쏴 죽였을 때, 당신이 나에게 그것을 박제해 달라고 부탁하셨지요.

뜨리고린   기억이 안 나는데요. (생각에 잠기며) 기억이 안 나요!

마샤   66! 1!

뜨레쁠료프   (창문을 활짝 열고, 귀를 기울인다) 정말 어둡군! 왜 이렇게 내가 불안한지 모르겠네…….

아르까지나   꼬스짜, 창문을 닫아라, 그렇지 않으면 바람이 불어 올 거야.

뜨레쁠료프가 창문을 닫는다.

마샤   88!

뜨리고린   여러분, 제가 다 맞췄어요.

아르까지나   (흥겹게) 브라보! 브라보!

샴라예프   브라보!

아르까지나   이 분은 언제나 어디서나 운이 좋거든요! (일어난
다) 자, 이제 무얼 좀 먹으러 갈까요. 우리 유명인
사께서는 오늘 점심도 안 드셨어요. 저녁을 먹은
후에 계속해요. (아들에게) 꼬스쨔, 원고는 놔두고,
저녁 먹으러 가자.

뜨레쁠료프 먹고 싶지 않아요, 어머니, 저는 배불러요.

아르까지나   마음대로 해라. (소린을 깨운다) 뻬뜨루샤 오빠,
저녁식사 하세요! (샴라예프와 팔짱을 낀다) 하리
꼬프에서 나를 어떻게 환영했는지 당신에게 말해
줄게요…….

뽈리나 안드레예브나는 탁자 위의 촛불들을 끄고, 도른과 함
께 바퀴달린 안락의자를 밀면서 나간다. 모두 왼쪽 문으로 퇴장
한다. 무대 위에는 뜨레쁠료프 혼자 책상에 앉아 있다.

뜨레쁠료프 (글을 쓰려고 한다. 이제까지 쓴 것을 대강 훑어본다) 새 형식에 대해 그렇게 많이 이야기해 놓고는, 이제는 나 스스로 진부한 관습에 조금씩 빠져드는 것을 느끼니. (읽는다) '담장 위에 있는 포스터가 전하기를…… 검은 머리카락으로 둘러싸인 창백한 얼굴……' 전하고 있다, 둘러싸인…… 이것은 유치해. (지우기 시작한다) 빗소리가 주인공을 깨우는 장면부터 시작하고, 나머지는 전부 지워버려야겠어. 달밤에 대한 묘사는 길고 세련되었어. 뜨리고린은 자신의 기교를 만들었기에, 그에게는 수월할 거야…… 그의 작품에서는 제방 위에서 깨진 병의 주둥이가 반짝이고, 물레방아 바퀴로부터 그림자가 검게 드리운다고만 하면 달밤이 준비되지만, 내 작품에서는 흔들리는 불빛과 조용히 빛나는 별들, 은은하고 향기로운 공기 속에서 사라져 가는 멀리서 울리는 피아노 소리이니…… 이것이 괴로운 일이지.

(사이)

그래, 나는 점점 더 확신하게 되었어, 중요한 것은

낡은 형식과 새로운 형식에 있는 게 아니라, 인간이 쓴다는 거, 어떤 형식인지에 대해서 생각하지 않고, 그의 마음속에서 자유롭게 흘러나오기 때문에 쓴다는 것이라는 사실을 말이야.

누군가 책상에 가장 가까이 있는 창문을 두드린다.

무슨 일이지? (창문을 살펴본다) 아무것도 보이지 않는데…… (유리문을 활짝 열고 정원을 바라본다) 누군가가 계단을 따라 아래로 뛰어가는군. (소리친다) 거기 누구예요? (퇴장한다. 그가 빠르게 테라스로 가는 소리가 들린다. 30초 후에 니나 자레츠나야와 함께 들어온다) 니나! 니나!

니나는 그의 가슴에 머리를 묻고는 숨죽여 흐느낀다.

(감격해서) 니나! 니나! 당신이군요…… 당신이야…… 나는 마치 예감이나 한 것처럼, 하루 종일 내 마음이 너무 괴로웠어요. (그녀의 모자와 소매 없는 긴 겉옷을 벗긴다) 오, 나의 사랑, 나의 연인, 그녀가 돌아왔어! 우리 울지 말아요, 울지 말아요.

니나   여기 누군가가 있군요.

뜨레쁠료프   아무도 없어요.

니나   문들을 잠가 주세요, 누가 들어올지도 모르니.

뜨레쁠료프   아무도 들어오지 않아요.

니나   이리나 니꼴라예브나가 여기 계신 거 알아요. 문
      들을 잠가 주세요…….

뜨레쁠료프   (오른쪽 문을 열쇠로 잠그고, 왼쪽 문으로 다가간다)
      여기는 자물쇠가 없어요. 이 안락의자로 막을게
      요. (문 옆에 안락의자를 놓는다) 아무도 들어오지
      않으니, 걱정 마세요.

니나   (그의 얼굴을 뚫어지게 쳐다본다) 제가 당신을 좀 보
      게 해 주세요. (주위를 둘러보면서) 따뜻하고 좋군
      요…… 여기는 그 때 응접실이었지요. 제가 많이
      달라졌지요?

뜨레쁠료프   그래요…… 당신은 좀 마르고, 눈이 더 커졌어요.
      니나, 내가 이렇게 당신을 보고 있다니, 왜 그런지
      이상해요. 왜 당신은 나를 만나 주지 않았지요?
      왜 당신은 지금까지 나를 찾아와 주지 않았어요?
      나는 당신이 거의 일주일째 이곳에 머무르고 있다
      는 것을 알고 있어요…… 나는 매일 몇 번씩이나
      당신한테 가서는, 마치 거지처럼 당신 방의 창문

아래 서 있었어요.

니나   당신이 저를 미워할까 봐 두려웠어요. 당신이 저를 보고는, 알아보지 못하는 꿈을 매일 밤 꾸었어요. 당신은 모르실거예요! 저는 도착한 그 날부터 거닐었어요, 여기…… 호숫가를요. 당신 집 근처에 여러 번 왔었지만, 들어 올 수 없었어요. 우리 앉아요.

두 사람이 앉는다.

앉아서 이야기하고 또 이야기해요. 여기는 좋군요, 따뜻하고 편안해서…… 들리세요, 바람소리인가? 뚜르게네프 작품에 이런 곳이 있어요. '이런 밤에 지붕 아래 앉아 있는 이는 행복하며, 따뜻한 구석을 가진 이는 행복하다.' 저는 갈매기예요…… 아니, 그게 아니에요. (자기 이마를 문지른다) 내가 무슨 말을 했지요? 그래요…… 뚜르게네프……. '그래서 신은 은신처 없는 모든 방랑자들을 도우리라…….' 괜찮지요. (흐느껴 운다)

뜨레쁠료프   니나, 당신은 또…… 니나!

니나   괜찮아요, 저는 이래야 마음이 편해요…… 저는

2년 동안 울지 않았어요. 어제 저녁 늦게 정원에 와서, 우리 무대가 그대로 있는지 살펴보았어요. 무대는 지금까지도 서 있더군요. 2년 만에 처음 울었더니, 좀 편해지고 가슴이 후련해졌어요. 보세요, 이제 안 울잖아요. (그의 손을 잡는다) 그런데, 당신은 이제 작가가 되었더군요⋯⋯ 당신은 작가, 나는 여배우⋯⋯ 우리 둘 다 소용돌이 속에 빠져들고 말았어요⋯⋯ 저는 어린애처럼 즐겁게 살았었는데, 아침에 일어나서 노래를 불렀지요. 당신을 사랑했었고 명성에 대해서 꿈꾸었는데, 지금은? 내일 아침 일찍 3등석을 타고 옐레쯔[39]로 떠나야 해요⋯⋯ 농부들하고 같이요, 그리고 옐레쯔에서는 교양 있는 상인들이 친절을 베풀며 저를 귀찮게 하겠지요. 지독한 삶이지요!

뜨레쁠료프 옐레쯔에는 무엇 때문에요?

니나 겨울 동안 내내 계약되었어요. 이제 가야 할 시간이에요.

뜨레쁠료프 니나, 나는 당신을 저주했고, 미워했으며, 당신의 편지와 사진을 찢어 버리기도 했지만, 나의 영혼이 당신과 영원히 얽매어져 있다는 걸 매순간 의

---

39 모스끄바 근교의 작은 도시.

식하고 있었어요. 나는 당신을 사랑하지 않을 힘이 없어요, 니나. 내가 당신을 잃어버리고, 내 글이 출판되던 그 순간부터, 내게 있어서 삶은 견딜 수 없는 것이 되었고, 나는 고통을 겪고 있어요…… 내 젊음을 갑자기 누군가가 빼앗아 버렸고, 나는 벌써 이 세상에서 90년이나 살아 온 것 같은 생각이 들어요. 나는 당신을 부르고, 당신이 거닐던 땅에 입을 맞춥니다. 내가 어디를 보던지, 그 곳에서는 당신 얼굴과 내 인생의 가장 좋은 시기에 나를 비춰 주었던 이 부드러운 미소가 나에게 보여요…….

니나 (당황해하며) 무엇 때문에 이 사람이 이런 말을 하지, 왜 이런 말을 하는 거지?

뜨레쁠료프 나는 혼자고, 그 어떤 것도 나를 포근하게 감싸줄 수 없어요, 나는 지하에 있는 것처럼 춥고, 내가 무엇을 쓰던 지간에 이 모든 것은 메마르고 냉담하고 음울하지요. 여기 남아 있어요, 니나. 제발 부탁이에요, 아니면 당신과 함께 떠나게 해 줘요!

니나가 서둘러 모자를 쓰고 겉옷을 입는다.

니나, 왜 그래요? 제발, 니나……. (그녀가 옷 입는
것을 바라본다)

(사이)

니나　　　쪽문 옆에 제 마차가 서 있어요. 나오지 마세요.
　　　　　저 혼자 가겠어요……. (눈물을 글썽이며) 물 좀 주
　　　　　세요…….

뜨레쁠료프　(그녀에게 마실 걸 준다) 당신은 지금 어디로 가는
　　　　　거요?

니나　　　시내로요.

(사이)

이리나　　니꼴라예브나, 여기 계세요?

뜨레쁠료프　그래요…… 목요일에 외삼촌이 많이 안 좋으셔서,
　　　　　우리가 그녀에게 오라고 전보를 쳤어요.

니나　　　당신은 왜 제가 거닐던 땅에 입을 맞추신다고 말
　　　　　하는 거예요? 저 같은 건 죽어야 해요. (책상에 기
　　　　　댄다) 저는 너무나 피곤해요! 쉬었으면 좋겠어
　　　　　요…… 쉬었으면! (머리를 든다) 저는 갈매기예

요…… 그게 아니야. 저는 배우예요. 네, 그래요!
(아르까지나와 뜨리고린의 웃음소리를 듣고서, 귀를
기울이며 왼쪽 문으로 달려가 열쇠 구멍으로 내다본
다) 그 분도 여기 있군요…… (뜨레쁠료프에게 되
돌아 가며) 네, 그래요…… 상관없어요…… 그래
요…… 그 분은 극장을 믿지 않았고, 항상 제 꿈들
에 대해서 비웃었지요, 저도 또한 점점 믿음이 없
어졌고 그래서 낙심하게 되었지요…… 여기에 사
랑에 대한 걱정, 질투, 어린애에 대한 끊임없는 공
포…… 저는 시시하고 쓸모없이 되었고, 바보같
이 연기했어요…… 손을 어떻게 해야 할지 모르
고, 무대에서 어디에 서 있어야 할지도 모르고, 목
소리도 제대로 내지 못했어요. 끔찍하게 연기하고
있다는 걸 느낄 때의 그 기분을 당신은 모르실 거
예요. 저는 갈매기예요. 아니, 그게 아니에요……
당신이 갈매기를 쏘아 죽인 거 기억나세요? 우연
히 한 사람이 와서 보고는, 할 일이 없어서 죽여
버렸데요…… 짧은 단편 소설을 위한 내용이라
나…… 이게 아닌데…… (자신의 이마를 비빈다) 내
가 무슨 말을 했지요?…… 무대에 대해 말하고 있
었지요…… 이제 저는 그렇지 않아요…… 저는 진

정한 여배우이지요, 즐거움과 환희에 차 연기를
하고, 무대에서 황홀해 하며, 스스로 멋지다고 느
껴요. 이곳에 사는 동안 저는 거닐었고, 거닐며 생
각하고, 매일 제 영혼의 힘이 어떻게 성장하고 있
는지 생각하고 느끼게 되었어요…… 꼬스쨔, 저는
이제 알고, 이해해요, 우리가 하는 일이 무대에서
연기를 하든, 글을 쓰든 상관없이, 중요한 것은 명
예도 광채도 아니고, 제가 꿈꾸었던 것도 아니며,
참을 줄 아는 능력이라는 사실을요. 자신의 십자
가를 질 줄 알고 믿음을 가져야지요. 저는 믿음이
있어서, 그렇게 고통스럽지 않고, 자신의 사명에
대해 생각하면, 인생도 두렵지 않아요.

뜨레쁠료프 (슬프게) 당신은 자신의 길을 찾았고, 어디로 가야
할지 알고 있지만, 그런데 나는 여전히, 무엇에 그
리고 누구에게 필요한 지도 모르는 채, 아직도 몽
상과 환영의 혼동 속에서 헤매고 있어요. 나는 믿
음이 없고 내 사명이 무엇인지도 몰라요.

니나 (귀를 기울이며) 쉿…… 저는 가겠어요, 안녕히 계
세요. 제가 유명한 배우가 되거든, 저를 꼭 보러
오세요. 약속할 거지요? 그러나 지금은…… (그와
악수를 한다) 벌써 늦었어요…… 저는 겨우 겨우

서 있어요⋯⋯ 저는 너무 지치고, 무엇이든 먹고 싶어요 ⋯⋯.

뜨레쁠료프 여기 있어요, 내가 당신에게 저녁 식사를 가져올 게요⋯⋯.

니나 아니, 아니에요⋯⋯ 나오지 마세요, 저 혼자 가겠 어요⋯⋯ 제 마차가 바로 곁에 있어요⋯⋯ 그러니 까, 어머님이 그 분을 데려 오신 거지요? 어떻든, 상관없어요. 뜨리고린을 보더라도, 그에게 아무 말도 하지 마세요⋯⋯ 저는 그 사람을 사랑해요. 심지어 이전보다 더 그를 사랑하고 있어요⋯⋯ 짧 은 단편 소설을 위한 내용이에요⋯⋯ 사랑해요, 열정적으로 사랑해요, 필사적일 만큼 사랑하고 있 어요. 예전에는 좋았어요, 꼬스쨔! 기억하세요? 얼마나 선명하고, 포근하고, 유쾌하고, 순결한 삶 이었고, 어떤 느낌이었는지, 부드럽고 우아한 꽃 같은 느낌이었지요⋯⋯ 기억하세요?⋯⋯ (낭독한 다) "인간, 사자, 독수리, 뇌조, 뿔 달린 사슴, 거 위, 거미, 물 속에 사는 말 없는 물고기, 불가사리, 그리고 눈으로 볼 수 없는 것들, 한마디로, 모든 생명, 생명이라는 생명은 모두 슬픈 순환을 마치 고 사라져 버렸다⋯⋯ 지구상에 어떠한 생명체도 존재하지 않은 지 벌써 수천 세기나 되었지만, 저 가엾은 달은 밤마다 부질없이 자신의 등불을 밝히고 있다. 초원에서는 이미 학들이 울면서 잠을 깨는 일도 없고, 보리수 숲에서는 5월의 딱정벌레 소리도 들리지 않는다……." (충동적으로 뜨레쁠료프를 껴안고는 유리문 밖으로 달려 나간다)

뜨레쁠료프 (사이를 두고) 누군가 정원에서 그녀를 보고, 어머니에게 말하면 안 좋은데. 이것은 어머니를 슬프게 할 거야……. (2분 동안 말없이 자신의 원고를 모두 찢어 책상 밑에 버리고는, 오른쪽 문의 빗장을 열고서 퇴장한다)

도른 (왼쪽 문을 열려고 애쓰면서) 이상하군. 문을 마치 잠근 것 같아…… (들어와서 안락의자를 제자리에 놓는다) 장애물 넘기로군.

아르까지나, 뽈리나 안드레예브나가 등장하고, 그 뒤에 술병을 든 야꼬프와 마샤, 그 다음에 샴라예프와 뜨리고린이 등장한다.

아르까지나 보리스 알렉세예비치를 위한 붉은 포도주와 맥주는 여기 이 테이블에 놓으세요. 우리는 게임을 하면서 마실 거니까. 자 앉으세요, 여러분.

뽈리나 안드레예브나 (야꼬프에게) 자, 이제 차를 가져와요. (촛불을 켜고 카드용 탁자에 앉는다)

삼라예프 (뜨리고린을 찬장으로 데려가며). 이게 아까 말씀드린 그 물건입니다……. (찬장에서 박제된 갈매기를 꺼내며) 당신이 주문하신 거지요.

뜨리고린 (갈매기를 바라보며) 기억이 나지 않아요! (잠시 생각하다) 기억이 나지 않아!

무대 뒤 오른쪽에서 총소리가 들린다. 모두가 전율한다.

아르까지나 (놀라서) 무슨 일이지요?

도른 아무것도 아니에요. 내 진료 가방 안에서 무엇인가가 터진 것 같아요. 걱정하지 마세요. (오른쪽 문으로 퇴장했다가, 30초 후에 돌아온다) 그런 줄 알았어요. 에테르 병이 터졌어요. (흥얼거린다) '나는 또다시 그대 앞에 매혹되어 서있네…….'

아르까지나 (책상 옆에 앉으며) 휴우, 놀랐어요. 예전 일이 생각나서…… (두 손으로 얼굴을 가린다) 눈이 다 침침해졌어요…….

도른 (잡지를 뒤적이다가, 뜨리고린에게) 두 달 전에 여기

에 한 기사가 났는데…… 미국에서 온 편지였어
요, 당신에게 물어보고 싶은 게 있는데, 그게……
(뜨리고린의 허리를 잡고 램프 있는 쪽으로 데려간다)
나는 이 문제에 아주 흥미를 느껴서 그런데요……
(톤을 낮추며, 속삭이듯이) 여기서 이리나 니꼴라예
브나를 어디로든 데리고 가세요. 다름 아니라, 꼰
스딴찐 가브릴로비치가 자살했어요…….

막이 내린다.

(1895~1896)

▨ 작품론

삶의 환상을 깨고 진실을 찾아
비상하는 갈매기의 꿈

홍기순

1. 체호프의 생애와 작품들

체호프(1860~1904)의 출신 배경은 당시 귀족 가문 작가들에 비해 열악했다. 할아버지는 농노였지만 돈을 모아 자유인이 되었고, 아버지는 항구도시 따간로그에서 작은 식료품 상회를 운영했다. 체호프의 어린 시절은 권위적 성격과 광적인 신앙 심을 가진 아버지 빠벨의 강압적인 가정 교육과 강요된 성가 대 활동 등으로 얼룩져 있었다. '예술적 재능은 아버지로부터, 영혼은 어머니로부터 받았다'고 체호프가 술회하고 있듯이 어린 체호프에게 따뜻한 인간애를 심어준 것은 어머니 예브게니 야였다. 중학교 때 아버지가 파산하여 가족이 모두 모스끄바 로 쫓기듯이 떠난 후 체호프는 따간로그에 혼자 남게 되었다. 이 시기 체호프는 독립심과 통제력을 키웠고 가족 부양에 대한 책임 의식을 갖게 되었다.

1879년 체호프는 중학교를 마치고 따간로그를 떠나 모스끄바로 올라와 의과대학에 입학하게 된다. 그는 '안또샤 체혼떼', '내 형의 아우', '쓸개 빠진 남자'와 같은 필명으로 생계를 위해 틈틈이 유머 잡지에 글을 쓰기 시작했다. 체호프는 학비를 벌기 위해 친형 알렉산드르의 제안에 따라 한 줄에 5꼬뻬이까를 받는 조건으로, 〈자명종(Будильник)〉을 비롯한 모스끄바의 각종 주간 유머 잡지에 단편을 기고하면서 문학에 입문하게 된다.

이 시기 체호프는 신문, 잡지의 펠리에똔(사회 문제를 풍자적으로 또는 흥미 본위로 다루는 소품) 장르에 주로 의존하였다. 돈을 벌기 위해서 시작한 문학 활동이기 때문에 그의 초기 작품들은 자신의 경험이나 감정, 사고에서가 나온 것이 아니라 대중의 취향에 맞춰 쓴 것이 대부분이었다. 그래서 그의 작품은 편집자에게는 간결해야만 했고, 검열관에게는 관례에 따른 것이어야만 했으며, 독자들에게는 가벼워야만 했다. 실험이나 사상 혹은 자기표현을 위한 여지는 전혀 없었다. 그러나 따간로그의 김나지움 신부 뽀끄롭스끼가 그에게 주었던, 그리스어 울림의 이름인 '안또샤 체혼떼'라는 필명으로 1880년과 1882년 사이에 발표했던 체호프의 60여 편의 작품들은 이후 그의 문학의 밑거름이 된다.

그는 수많은 유머 단편을 창작하였고 대학 졸업 후 몇 년 동안 의사와 작가의 두 가지 일을 병행했다. 이 시기 체호프에게 '진료는 부인, 창작은 애인'이 되었다.

체호프 초기 단편들은 주로 감상적인 주제와 더불어 쉽게 읽힐 수 있는 가벼운 작품들이 대부분이었다. 대개 '하급 관리 이야기', '프랑스 소설 모방작품', '계절 스케치', '사랑과 결혼에 대한 통속적인 소극', '의사 또는 치안판사 주변과 관련된 직업 이야기', '배우 혹은 영락한 지주의 타락에 관한 이야기' 등으로 분류될 수 있다.

1884년 11월 체호프는 최초로 각혈을 하게 된다. 그리고 남은 생애의 19년 동안 작가는 하루도 빠짐없이 자기 삶의 남은 날들을 세기 시작하였다. 이제 의사로서 체호프는 자기 주변의 현실과 삶을 면밀히 관찰하기 시작한다.

1884~1886년 여름 체호프는 어린 시절 시골생활에서 맛보았던 즐거움을 되찾기 위해 도시를 떠나 시골로 향한다. 그는 첫해 여름을 모스끄바에서 서쪽으로 40마일 떨어진 보스끄레센스끄(지금의 이스뜨라)에서 대진(代診)의사로 일하면서 보냈고, 다음 해 여름은 자신의 여동생 마리야가 친하게 지냈던 끼셀료프 가족의 바브끼노 영지 근처의 별장에서 보냈다. 비록 바브끼노에서 여름 한철 잠시 머무는 방문객에 불과했지만, 체호프는 그곳 농민들의 비참한 삶을 직접 목격하게 되었다. 그

들의 노예상태는 1885년 체호프의 단편들 속에 잘 나타나 있다. 그들은 미신이나 왜곡된 경제구조의 희생자들이었다.

1885년 12월 체호프는 레이낀의 초대를 받아 뻬쩨르부르그로 오게 된다. 거기서 자신의 인생에 있어서 중요한 부분을 차지하게 될 두 사람을 소개받게 된다. 그들이 바로 드미뜨리 바실리예비치 그리고로비치와 알렉세이 세르게예비치 수보린이다. 그리고로비치는 1840년대 후반 사실주의 작가로 이름을 떨쳤으며, 당시에도 여전히 위대한 원로 저술가로 명성을 유지하고 있었다. 그는 1886년 초 체호프의 〈사냥꾼〉을 읽으면서 그의 위대한 재능이 〈뻬쩨르부르그 신문〉에서 사멸되는 것을 안타깝게 여겼다. 원로 작가는 체호프의 작품을 칭찬하면서 자신의 신문을 방어할 수 있는 굳건한 도덕적 입장을 찾을 것을 촉구하는 편지를 보내게 된다. 이 진심 어린 충고 이후 1887년 봄 무렵부터 체호프는 이전과는 다른 훨씬 객관적인 문학 사상가이자 도덕 철학자의 모습을 형성해가기 시작한다. 한편으로 체호프가 전업 작가의 길을 걷게 된 동기도 문단의 중진 그리고로비치 때문이었다. 일찍이 도스또예프스끼를 문단에 내보낸 그리고로비치는 젊은 작가 체호프의 재능을 발견하여 그에게 진지한 장편 소설을 쓰라고 충고하면서 본격적인 창작 활동을 독려했을 뿐만 아니라, 당시 유력한 보수 신문 《신시대(Новоевремя)》의 발행인 수보린을 소개하기도 했다.

수보린은 체호프에게 고정 지면을 내주었고, 경제적 후원자가 되어 주었다. 수보린은 단순한 친분관계를 뛰어넘어 체호프의 삶에 엄청난 영향을 끼쳤다. 그는 한편으로는 대부이자 나이 든 형의 역할을 했고, 다른 한편으로는 문학적 스승의 역할까지도 담당했다. 수보린의 경제적 후원 덕분에 체호프는 원고 마감시간과 주제의 제약과 같은 현실의 부담에서 벗어나 전업 작가로서의 길을 걷게 된다. 26살이라는 나이 차이에도 불구하고 그들의 친분관계는 아직도 러시아 문학에서 가장 바람직스럽고 생산적인 관계들 중의 하나로 손꼽히고 있다.

1886~87년 초 발표된 체호프의 작품들은 그 이전 작품들에 비해 훨씬 치밀하게 구성되었다. 잡지 《신시대》에 발표된 20편의 체호프의 작품들은 주로 '육욕의 노예'라는 주제와 관련된다. 그 중 대표적인 작품이 〈아가피야〉이다.

1887년 봄 체호프는 남부 따간로그를 여행한다. 이 여행을 통해 체호프는 작품의 제재도 얻고 새로운 자기성찰의 계기를 마련하게 된다. 6주 동안 이루어진 이 여행에서 체호프는 황폐한 시골의 협소함으로부터 열린 초원의 텅 빔에 이르기까지 아주 극단적 인상을 받는다. 이 대조적 인상은 그의 작품에서 반복해서 나타나는 '자연의 모티프'를 제공했을 뿐만 아니라, 그가 인간과 자연에 대해 쓴 모든 작품들을 양극화시키는 역할을 하게 된다. 이 여행을 통해서 탄생된 가장 중요한 작품은 무엇보다도 1888년에 순수문예지 《북방통보》에 발표한 중편소설 〈초원(Степь)〉이다. 〈초원〉은 체호프 창작의 전환점이 된다. 〈초원〉 발표의 문학사적 의미는 체호프가 잡지사에서 요구하는 '짧은 시간에 써내려간' 유머러스한 단편소설의 생산에서 탈피하여 본격적인 순수 문학('두꺼운 잡지'의 문학)에 진입했다는 사실에 있다. 이 작품은 〈등불〉(1888), 〈사할린 섬(ОстровСахалин)〉(1893)과 더불어 체호프 문학세계의 변화의 이정표가 되는 중요한 작품이다. 〈등불〉의 주인공과 화자를 통해 드러난 체호프의 관념과 사상은 사할린 여행에서 그가 기록했던 모든 것들과 함께 그의 후기 단편소설들과 희곡에서 변주된다. 그래서 많은 체호프 연구가들이 〈초원〉과 〈등불〉이 나온 이 해를 체호프 후기 작품세계의 원년元年으로 간주한다.

1889년 체호프는 〈지루한 이야기〉를 발표한다. 이 작품은 노교수 니꼴라이 스쩨빠노비치의 삶에 대한 인상기이자 '일정한 세계관이 부재하는 일상적 삶의 문제'를 다룬 체호프 식의 사상(관념체계)이 드러난 소설이다. 바로 이 해에 체호프는 뿌쉬낀 상을 수상하게 된다. 그리고 체호프는 문단의 총아寵兒로 떠오르게 된다. 이렇게 체호프의 명성이 높아지자 비평계에서 체호프의 작품에 대해 뚜렷한 견해나 입장, 그리고 문제의 해결책이 없다는 비난이 일기 시작한다. 이런 공격들에 대해서 체호프는 스스로를 '객관적이고 판단을 유보하는 공정한 작가'

로서 일관되게 처신하였다. 따라서 체호프는 '작가의 임무는 문제의 해결이 아닌 문제의 올바른 제기이다'라는 자신의 입장을 바로 이 시기에 나온 〈등불〉, 〈지루한 이야기〉에서 예술적으로 잘 형상화시키고 있다.

서른 살이 되던 1890년 체호프는 제정 러시아 시기의 유형지인 사할린으로 떠났다. 3개월의 힘든 여행 끝에 이 섬에 도착한 작가는 섬의 역사, 지리, 죄수들의 생활상을 자세히 조사, 기록한 뒤 그해 12월 홍콩, 싱가포르, 실론(지금의 스리랑카), 오데사(우끄라이나 남부의 항구도시)를 거쳐 모스끄바로 돌아왔다. 이 여행 이후 체호프는 한때 신봉했던 똘스또이의 무저항주의와 스토아철학의 금욕적 세계관으로부터 벗어나게 된다. 이처럼 체호프의 사유 과정은 사할린 여행을 통하여 분명한 전환점을 구축하게 된다.

사할린 여행은 '똘스또이의 궤도(толстовскаяорбита)'에서 끊임없이 유동하며, 긴장된 관계를 취하던 체호프를 '자기형성의 과정', '자신의 세계관의 축조' 단계로 나아가게 했다. 체호프는 사할린 여행을 통해서 '사회악의 실체'를 있는 그대로 보게 되었다. 그리고 철학자 불가꼬프(С. Н. Булгаков)의 지적처럼 '체호프의 윤리', '체호프의 철학'을 형성하는 단초를 마련한다. 또한 사할린 여행을 통해 생성된 작가 내부의 감정이 '공포체험 — 고통 — 표현에의 열망'으로 전이되는 과정을 거치면서 그의 후기작품들 속에 생생하게 스며든다.

　한편 인간의 실존은 '공간적'이며, 그때의 공간은 상황과 유사한 함의를 가진다는 명제에 주목할 필요가 있다. 이와 같은 명제를 우리는 체호프와 그의 주인공과 사할린 섬의 관계에 적용시킬 수 있다. 사할린 섬이라는 공간의 '여기(здесь)'는 '탈출구가 없는 폐쇄된 막다른 골목'이며, '당대 러시아 현실 사회의 상황'으로 의미가 확장되는데, 체호프의 작품들에서 '감옥의 형상', '정신병원의 형상'으로 구체화된 이미지를 갖는다. 이러한 '전 러시아의 사할린화(сахализациявсейРоссии)'는 냉소주의(цинизм)를 낳고, 허무(суетасует)에 대한 인식을 심화시키면서, 주인공과 작가의 페시미즘에 대한 사고를 작품의 기저에 놓이게 한다. 이러한 현상은 〈6호실〉에서 주인공들의 논쟁과 세부묘사를 통해 구체적으로 형상화되어 있다. 또한 체호프는 〈결투〉(1891), 〈6호실〉(1892), 〈나의 삶〉(1896)을 통하여 인간 개성을 억압하는 모든 것에 반대했고, 그렇게 해야만 한다는 당위로 고착되어 버린 인간성을 억압하는 행위와 어떠한 형태의 도그마나 강압에도 반대했다. 이런 맥락에서 스까프뜨이모프(А. П. Скафтымов)는 〈6호실〉과 〈나의 삶〉에서 체호프의 논쟁은 똘스또이에 대한 반대가 아니라 반민주적인 분위기에 대한 저항이라는 입장을 제시하기도 한다. 그는 또 이렇게 강조한다: "체호프는 엄격주의자는 아니지만, 그의 인간과 사회에 대한 도덕적인 준엄함은 의심할 여지가 없는 것이다. 이러한 점에서 체호프는 똘스또이와 항상 함께 있다."

체호프의 사할린 여행은 이처럼 도덕적인 문제성을 각인시키며, 그의 예술세계에서 구성 – 주제적인 모티프(사랑, 모성, 모성애, 여성성, 유년[детство], '새로운, 더 나은 삶에 대한 기대')로 녹아들게 되고, 마침내는 자유의 테마로까지 확장된다. 그래서 체호프 연구가인 그로모프(М. Громов)는 "모든 것이 사할린을 통하여 나왔다(Всепросахалинено)"라고 강조한다. 체호프는 사할린 여행을 통하여 인간을 바라보는 시각뿐만 아니라, 인간과 사회, 인간과 역사, 인간과 자연(우주)과의 관계를 파악하는 관점도 새롭게 형성한다. 한마디로 그가 세계를 지각하고 인식하는 방법에 있어서 새로운 전환점이 마련되었다고 할 수 있다.

1892년 모스끄바 근교의 멜리호보에 정착한 작가는 왕성한 창작열로 〈6호실〉, 〈문학선생〉(1889~1894), 〈롯쉴드의 바이올린〉(1894), 〈신학생〉(1894), 〈3년〉(1895), 〈다락방이 있는 집〉(1895), 〈나의 삶〉, 〈갈매기〉(1896), 〈농부들〉(1897)을 비롯한 주옥같은 작품들을 쓰는 한편 다양한 봉사 활동을 펼쳤다. 농민들을 무료로 진료하고 똘스또이, 꼬롤렌꼬와 함께 기근饑饉과 콜레라 퇴치 자선 사업을 펼쳤으며 학교, 병원 건립의 사회사업에도 힘썼다.

1898년 지병인 결핵이 악화되어 크림 반도의 얄따로 이사한 체호프는 객혈과 고독, 우울 속에서 보냈다. 그래서 작가는 이 남부휴양지를 '악마의 섬', '따뜻한 시베리아' 라고 불렀다. 똘스또이, 고리끼와의 교류, 모스끄바 예술극장 여배우 올가 끄니뻬르와의 만남과 결혼은 그에게 새로운 삶에 대한 희망을 주었다. 이 시기에 그는 〈용무가 있어서〉(1899), 〈사랑스러운 여인〉(1899), 〈개를 데리고 다니는 부인〉(1899), 〈바냐 외삼촌〉(1899), 〈골짜기에서〉(1900), 〈세 자매〉(1901), 〈약혼녀〉(1903) 등을 발표하였다.

1904년 1월 17일 체호프의 생일에 초연 된 〈벚꽃동산〉과 창작 25주년 축하연은 작가에게 무한한 기쁨과 영광을 주었지만 그의 건강은 회복할 수 없을 정도로 악화되어 있었다. 같은 해 6월 독일 바덴바덴으로 아내 끄니뻬르와 함께 요양을 떠났지만 그곳에서 생애를 마쳤다.

2. 체호프의 희곡세계

1887년에 발표된 체호프의 희곡 〈이바노프〉는 러시아 지방에 사는 30대 중반의 인텔리 이바노프의 삶과 종말을 그린 작품이다. 작품 속의 이야기는 일 년 남짓한 기간에 일어난 사건을 따라 그 줄거리 노선을 이어가고 있다. 하지만 그 근저를 들여다보면 자살로 생을 마감하기 전 마지막 2년 동안, 주인공의 상반된 삶이 사샤와의 사랑의 장면을 축으로 해서 전개되고 있다.

명문가 집안 태생에 모스끄바 대학 출신인 이바노프는 '지역 사람들과는 다르게' 감성이 풍부하며 예술을 사랑하고, 선에 환호하며 악에 분개하고, 노동의 가치를 깨달으며 사는 인간이다. 한 마디로 뚜렷한 주관을 가지고 삶을 진지하게 사는 인물이다. 주위의 곱지 않은 시선에도 아랑곳하지 않고, 유태인의 딸을 열정적으로 사랑하여 행복한 미래를 설계하면서 결혼을 하였다. 그러나 결혼한 지 얼마 되지 않아 이자마저도 감당할 수 없을 정도로 빚에 쪼들리게 되고, 아내마저 중병에 걸리게 된다. 이런 이유들로 해서 그는 심한 우울증과 불면증에 시달린다. 죽음을 앞둔 아내에게서 "사랑이나 애석함은 느끼지 못하고……공허함과 피곤함만을 느끼는" 그는 매일 밤 거액의 돈을 빌려준 지방 자치회 의장 레베제프의 저택을 일상적 삶의 탈출구로 삼는다. 그는 이 공간을 중심으로 도박과 뜬소문, 그리고 험담이 판을 치는 '공허한 사교 생활'의 무의미한 삶을 이어가게 된다.

레베제프의 딸 사샤의 생일 파티가 있던 날 밤, 이바노프는 사샤에게서 사랑 고백을 받은 후 그들은 서로 뜨거운 키스를 나누게 되는데, 바로 이 장면을 그의 아내가 목격하게 되고, 그녀는 충격으로 쓰러진다. 이 일이 있은 후 이바노프는 1년 전과는 완전히 다르게 '쓸모없는 비열한 놈'으로 전락해 버린 자신의 모습에 괴로워한다. 한편 이바노프와의 사랑을 선택하기 위해 가족과 부 그리고 종교까지도 버렸던 이바노프의 아내마저도 그에게서 등을 돌린다. 그의 아내는 말다툼 끝에, 남편에게서 시한부 인생을 살고 있다는 소리를 듣고서는 다시 쓰러진다.

그리고 1년 후, 오랫동안 이바노프를 흠모하고, 추종해서 나이 차이를 극복하면서까지 결혼하기로 결심했던 사샤와의 결혼식이 있는 날, 이바노프는 결혼을 파기하자고 선언한다. 이바노프는 자신의 화려했던 젊은 날의 삶에 회의를 느끼고, 사랑의 연속인 결혼마저도 사랑하는 사람을 파멸시킬 수 있다는 '내면의 양심'의 울림에 따라, 결혼 포기를 외친 것이다. 하지만 그의 '양심선언'은 식객으로 전전하는 샤벨스끼 백작, 돈에 눈이 먼 보르낀, 자신의 견해를 신앙처럼 떠받치는 리보프 등 다른 등장인물들의 험담과 결투 소동에 묻히고 만다. 그래서 이바노프는 "오랫동안 내리막길을 따라 추락했지만, 이제는 멈춰야지! 이제는 명예를 알 때가 된 거야!……고마워, 사샤!" 라는 말과 함께 총으로 자살을 감행한다.

공통의 관심사도 없는 폐쇄된 공간의 인간 군상 속에서, 화려했던 젊은 날마저도 삶의 무게로 인식한 이바노프가 삶과 사랑, 그 현실과 이상이라는 딜레마 속에서 자신을 죽음으로

몰아간다는 이 희곡 〈이바노프〉는 드라마 같은 사람들의 삶에
서 양심에 귀기울이는 자존심 강한 한 러시아 인텔리겐치아의
비극적인 삶을 다룬 작품이라 할 수 있다.

1887년 10월 5일에 예죠프(П. М. Ежов)에게 보낸 체호프의
편지에 따르면 〈이바노프〉는 1887년 9월말과 10월초에 완성되
었다. 그러나 수정을 한 이 희곡은 라스소히나(Е. Н. Рассохина)
의 모스끄바 극장 도서관의 출판으로 세상에 나왔고, 검열 허
가는 1887년 12월 10일에 받았다.

희곡은 최초로 지방무대인 사라토프에서 1887년 11월 중순
에 상연되었다. 꼬르쉬의 모스끄바 극장에서의 첫 번째 상연
은 보르낀 역할을 맡아 연기한 스베뜰로프(Н. В. Светлов)의 후
원 하에 같은 해 11월 19일에 이루어졌다. 1887년에 인쇄된 최
초의 원고는 많은 면에서 최종 텍스트와 차이를 보여주고 있
다. 희곡의 개작은 몇 단계에 걸쳐 이루어졌다.

최초의 개작 동기는 뻬쩨르부르그 알렉산드린스끼 극장의
감독이자, 〈이바노프〉 공연의 후원자인 페도로프 - 유르꼬프
스끼(Ф. А. Федоров-Юрковский)의 요청에 의한 것이었다. 체
호프는 12월 19일 알렉산드린스끼 극장의 상연 목록 담당인
뽀쩨힌(А. А. Потехин)에게 전달하기 위해서 수보린에게 새로
운 〈이바노프〉의 텍스트를 보냈다. 첫번째 시안과 비교하여 새
로운 텍스트에서는 커다란 변화가 있었다. 첫번째 시안에서는

4막이 2장으로 구성되었었다. 희곡은 훨씬 더 많은 일상적인 상세함을 그 자체에 포함시켰고, 사건의 발전에서도 특성을 갖고 있었다. 그러나 희곡의 진행 현장에서 이바노프에 대한 부정적인 관계가 훨씬 약하게 표현된다. 그에게 가해지는 리보프의 모욕 후에 그는 총으로 자살하지 않고, "무얼 위해, 무얼 위해서"라는 말을 하면서 죽어가는 것이 그것이다.

두 번째 시안에서는 4막의 2장으로 된 분할이 없어졌다. 하나의 장이 완전히 삭제되었고, 사소한 구성적 문체적 변화를 겪은 다른 장은 개작되었다. 두드낀과 꼬싀흐의 지참금에 대한 대화의 삭제, 꼬싀흐와 리보프의 대화의 첨가가 그것이다. 레베제프와 사샤의 대화에서는 이바노프의 몰이해에 대한 사샤의 고백과 레베제프의 충고가 이바노프에게 거절되는 것이 추가된다. 이 시안에 따르면 희곡의 결말에서 사샤는 이바노프를 거부한다. 그리고 이와 관련된 사샤와 레베제프의 모든 대화와 희곡의 마지막 발전의 모든 것은 첫 번째 시안과도 전혀 유사하지 않고 희곡의 최종적인 텍스트와도 전혀 닮지 않은 특별한 내용이 된다.

첫 번째 시안에서는 리보프에 의해 행해진 모욕 전까지 그는 '완쾌'의 길에 있었다. 두 번째 시안에서 이바노프의 운명은 '비극적 무한성'으로 제시된다. 그는 홀로 남겨진다. 사샤는 결혼 직전에 이바노프의 요청에 굴복하여 그를 거부한다. 레베제프는 물러서면서 이렇게 말 한다: "신이 자네를 심판한 것이야, 니꼴라이, 내가 자네를 심판한 것이 아니니, 다만 용서하게. 우리는 더 이상 친구가 아니라네. 어디로든 원하는 곳으로 신과 함께 가게나, 우리는 서로 서로를 이해하지 못했네. 가게나……."

리보프에게서 받은 모욕은 이미 출구 없는 상태에서 가하는 최종 타격일 뿐이었다.

이 새로운 텍스트에 따라 희곡은 1889년 1월 31일 알렉산드린스끼 극장 무대에서 상연되었다. 희곡에서 주인공(이바노프)의 드라마적 상황은 그 어떤 특별한 상황이 불러일으키는 것이 아니라, 전체적인 사실성에 기인한 것이다. 러시아 생활의 일반적인 상황에 기인한 그의 '병'이 자신을 죽이고 있는 것이다. 그 원인들은 그의 의지를 꺾고, 그의 마음속에 불신과 절망의 씨를 뿌리고 있다. 희곡의 전 과정에서 이바노프는 한편으로 연약함에 갇혀 있고, 다른 한편으로 현실의 희생자로 존재하고 있다. 그의 이미지는 폭로적일 뿐만 아니라 극적인 의미를 가지고 있다.

그의 '병약함'의 결과는 그에게 있어서도 그리고 그의 주위 사람들에게 있어서도 끔찍한 것이었다. 그는 쓸모없는 사람이자 매력적인 인간도 아니지만, 도덕적인 의미에서 그는 죄가 없고, 그를 쓸모없게 만들어 버린 삶이 죄가 있는 것이다.

이 희곡의 초연(1887년 11월)에 따른 커다란 활기와 논쟁이 야기되었다. 미하일 체호프(М. П. Чехов)는 이렇게 회상하고 있다: "공연은 대단히 성공적이었다. 어떤 이들은 억제하였고, 대다수의 다른 이들은 시끄럽게 박수를 치고 작가를 연호하였는데, 그러나 전체적으로는 〈이바노프〉를 이해하지 못했기 때문에, 그 후 오랫동안 신문들은 주인공의 성격과 인간성을 설명하였다" (М. П. Чехов, Антон Чехов и его сюжеты, М. 1923, стр.40).

1896년에 발표된 희곡 〈갈매기〉의 배경이 되는 곳은 호수가 있는 조용한 시골 마을이다. 젊은 시절에 상당히 유명했던 여배우 아르까지나가 자신의 애인인 통속작가 뜨리고린과 함께 고향집을 찾는다. 고향에는 그녀의 아들이자 극작가 지망생인 젊은 청년 뜨레쁠료프와 실패한 인생을 탓하며 무위도식하고 있는 늙은 오빠 소린이 살고 있다. 그 외에도 이 집에는 소린 집안의 집사인 융통성 없는 퇴역 중위 샴라예프, 그의 철없는 아내 뽈리나와 뜨레쁠료프를 향한 사랑에 목숨을 건 딸 마샤가 함께 살고 있다.

어느 날 이들은 뜨레쁠료프가 준비한 연극에 초대받는다. 뽈리나의 열렬한 사랑을 받는 동네 의사 도른과 마샤를 사랑하는 매력도 재미도 없는 남자, 교사 메드베젠꼬도 함께 초대받는다. 동네 지주의 딸인 아름다운 니나는 뜨레쁠료프의 연인으로 연극에 등장하는 유일한 배우다. 공연 도중 아들의 새로운 극작 시도를 히스테릭하게 받아들인 여배우 아르까지나는 결국 연극의 진행을 중단시키게 하는데, 이런 와중에서 만난 작가 뜨리고린과 니나는 첫 눈에 사랑에 빠진다. 사랑하는 연인이었던 니나를 중년의 바람둥이 작가에게 빼앗기게 된 뜨레쁠료프가 작가에게 결투를 신청하게 되고, 아르까지나와 작가는 서둘러 시골을 떠난다. 그러나 니나와 사랑에 빠진 뜨리고린은 그녀와 도시에서 다시 만날 것을 약속하고 헤어진다.

세월이 흘러 뜨레쁠료프는 유명한 작가가 되었고, 그를 혼자서 짝사랑하던 마샤는 복수라고 여기면서 엉뚱하게도 교사 메드베젠꼬와 결혼을 하였고, 그런 상태에서도 여전히 뜨레쁠료프 주위를 맴돌고 있다. 시골 영지에서 쓸데없이 고집과 허세만 부리는 집사 샴라예프와 무위도식으로 일관하는 소린, 약 대신 엉뚱한 철학과 잔소리만 늘어놓는 의사 도른의 일상적인 생활은 여전히 아무런 변화가 없다. 다만 니나는 도시로 떠나 바람둥이 작가 뜨리고린에게 버림받고 3류 배우로 전전하고 다닌다는 불행한 소식만이 예전과 달라진 하나의 사건일 뿐이다. 니나는 뜨레쁠료프와 뜨리고린이 있는 시골 영지에 들르게 되고, 마침내 뜨레쁠료프는 니나를 만나 그녀가 여전히 뜨리고린을 사랑하고 있다는 사실을 확인한 후 절망감에 사로잡혀 총으로 자살하고 만다.

무언가 심상치 않은 일이 벌어졌음을 감지한 의사는 그 소리가 약병이 터지는 소리라고 둘러대고는 직접 확인을 위해 퇴장한다. 다시 등장한 의사는 뜨레쁠료프가 자살했음을 확인한 다음에도 아르까지나에게 충격을 주지 않기 위해 그녀에게는 그 사실을 감추면서 무대는 조용히 막을 내린다.

〈갈매기〉는 1895년~1896년 사이에 쓰여졌고, 검열 등으로 인해 약간의 수정과 축소를 거친 후 《러시아 사상》지(1896년 12월)에 게재되었다.

체호프는 〈갈매기〉의 특징을 다음과 같이 정의했다: "코미디, 세 명의 여자 배역, 여섯 명의 남자 배역, 4막, 풍경(호수를 배경으로 함), 문학에 대한 많은 대화, 움직임이 적음, 다섯 푼짜리 사랑 이야기이다."

체호프는 자신의 〈갈매기〉 초연 준비를 하는 배우들에게 자신의 드라마 주인공들은 모두가 단순하고 평범한 사람임을 강조했다. 체호프는 극의 초연에 즈음한 총 예행연습 이후 많은 걱정을 하면서 그 희곡의 상연이 진행되지 않기를 희망했다. 하지만 1896년 10월 17일 뻬쩨르부르그의 알렉산드린스키 극장에서 〈갈매기〉의 초연이 이루어졌다. 연극은 성공하지 못했다. 실패의 중요한 원인은 체호프에 의해 도입된 '극적요소(연극성)의 새로운 원칙들'을 이해하고 전달함에 있어서 연출자와 배우들의 불충분한 준비에 있었다. 첫 번째 공연 이후 공연 관련 매체에는 부정적 평가가 쏟아져 나왔다. 신문과 소규모의 유머 잡지에는 체호프와 〈갈매기〉를 조소하는 우화, 단시, 풍자적 펠리에똔 등이 실렸다.

〈갈매기〉를 위한 진정한 승리는 1898~1899년 시즌의 모스끄바 예술 극장에서의 상연이었다. 모스끄바 예술 극장에서 〈갈매기〉의 상연을 설득하는 네미로비치-단첸꼬에게 보낸 편지에서 체호프 자신은 상연을 원치 않는다고 썼다. 자신에게 많은 아픔을 유발했던 바로 그 소동을 다시 경험할 힘이 없다고 말했다. 오랫동안의 갈등 끝에 체호프는 〈갈매기〉를 모스끄바 예술 극장에 올리는 것에 동의했다. 체호프는 〈갈매기〉를 1899년 5월 1일에 모스끄바 예술 극장 공연에서 보게 되었는데, 이 날 공연은 특별히 그를 위한 공연이 되었다. 〈갈매기〉가 대성공을 거두었기 때문이다.

체호프의 희곡 〈갈매기〉는 전통적인 희곡의 진행 방식인 한 가지 사건이나 인물에 주목하지 않는다. 러시아 문학 비평가 미르스끼는 체호프의 희곡에 대해 이렇게 정의한다: "그의 희곡 속에는 주제도 플롯도 행동도 없다. 체호프의 희곡은 '피상적인 디테일'로 구성되어 있으며, 그의 희곡들은 세계에서 가장 비극적非劇的이다."

하지만 〈갈매기〉에서는 러시아 시골 영지의 일상적인 삶의 단면이 그대로 드러나고 있기 때문에 오히려 모든 인물이 각

각의 의미를 갖는다. 일상적 삶을 사실적으로 묘사하는 체호
프의 희곡에는 긴장을 고조시키는 주된 사건도, 위대한 영웅
호걸도, 포악하고 간교한 악당도 등장하지 않으며, 선과 악의
대결 구도나, 선인과 악인의 갈등이나 대결이 표면적으로 보
이지 않기 때문이다. 따라서 희곡의 줄거리를 니나와 뜨레쁠
료프, 두 사람의 비극적인 사랑과 이별, 죽음에다 포커스를 맞
추어서 보게 되면 작품은 너무 단조롭고 무거워진다. 체호프
는 희곡의 중심 요소인 사건이나 갈등 상황이 무대 뒤에서 벌
어지게 하여 의도적으로 은폐하거나 분산시킨다. 체호프 희곡
의 특징은 표면적으로 명확하게 드러나지 않는 등장인물들의
심리적인 미묘한 갈등을 꼽을 수 있다.

한편 〈갈매기〉에는 각기 다른 색깔의 사랑 이야기들을 담
고 있다. 자신이 사랑하는 뜨리고린에게 버림받은 니나, 니나
를 변함없이 사랑하는 뜨레쁠료프, 뜨레쁠료프의 무관심에도
아랑곳하지 않고 끊임없이 사랑을 갈구하는 마샤, 도른을 향
해 이루어질 수 없는 일방적 사랑을 하는 뽈리나, 아르까지나
를 정신적으로 사랑하는 도른, 뜨리고린을 통해 사랑을 장식
처럼 치장하려는 아르까지나에 이르기까지 어느 사랑 하나 정
상적이거나 평탄하지가 않다. 이러한 사랑 이야기들은 등장인
물들을 씨줄과 날줄로 엮으면서 모든 등장인물들이 각각 나름
의 색깔과 무게를 지니게끔 한다. 그리고 그들이 서로 사랑하

고, 미워하고, 갈등하고, 자신의 세계 속에 고립되는 모습들을 통해 호숫가를 맴돌며 물을 떠나서는 살 수 없는 갈매기를 떠올리게 만든다.

4막에서 니나와 뜨레쁠료프가 만나 마지막으로 나누는 대화 장면은 "체호프의 희곡이 '피상적인 디테일'로 구성되어 있으며, 그의 희곡들은 세계에서 가장 비극적이다"라고 언급하고 있는 미르스끼의 말을 무색케 한다: "저는 진정한 여배우이지요, 즐거움과 환희에 찬 연기를 하고, 무대에서 황홀해 하며, 스스로 멋지다고 느껴요. 이곳에 사는 동안 저는 거닐었고, 거닐며 생각하고, 매일 제 영혼의 힘이 어떻게 성장하고 있는지 생각하고 느끼게 되었어요…… 꼬스쨔, 저는 이제 알고, 이해해요, 우리가 하는 일이 무대에서 연기를 하든, 글을 쓰든 상관없이, 중요한 것은 명예도 광채도 아니고, 제가 꿈꾸었던 것도 아니며, 참을 줄 아는 능력이라는 사실을요. 자신의 십자가를 질 줄 알고 믿음을 가져야지요. 저는 믿음이 있어서, 그렇게 고통스럽지 않고, 자신의 사명에 대해 생각하면, 인생도 두렵지 않아요."

〈갈매기〉에서 뜨레쁠료프는 호숫가 하늘 위를 나는 갈매기만 쏜 것이 아니라 세계와 갈등하고 충돌하는 바로 자신의 자아를 쏴 버린 것이다. 반면에 니나는 뜨리고린이 심심풀이로 쏜 총탄에 맞은 갈매기였다가, 삶의 진실을 알아가는 '비상飛上

하는 갈매기'로 새롭게 태어나고 있다. 이렇게 체호프는 자신의 삶에 대한 관념과 사상을 '인생을 새롭게 바라보고 삶의 진실을 찾아나가는 니나'를 통해 넌지시 드러내고 있다.

〈바냐 외삼촌〉은 1889년에 체호프가 집필했던 코미디 〈숲의 요정(Леший)〉을 개작한 것이다. 1896년 12월 2일 체호프는 《희곡(Пьесы)》 선집의 발간과 관련하여 수보린(А. С. Суворин)에게 보내는 편지에서 〈바냐 외삼촌〉에 대해 처음으로 언급하면서 다음과 같이 썼다: "아직 출판되지 않은 두 가지의 장막극이 있습니다. 그것은 당신도 잘 알고 있는 〈갈매기〉와 이 세상 누구에게도 알려지지 않은 〈바냐 외삼촌〉입니다." 또한 미하일 체호프(М. П. Чехов)는 회상기에서 이렇게 전하고 있다: "〈숲의 요정〉에는 많은 실수들이 있었다, 그래서 후에 이것을 개작하였고 심지어 그것의 제목도 바꾸게 되었다. 그러나 새로운 시안에서도 이 희곡은 작가에게 신뢰를 불어넣어 주지 못했다. 그는 오랫동안 희곡을 숨겨두었다가 나중에 이 희곡을 세상에 내놓았을 때는, 그 스스로도 놀랐다" (М. П. Чехов, Об А. П. Чехове, 〈Журнал для всех〉, 1906, No 7,стр. 412).

1901년에 작품 전집을 준비하면서, 체호프는 드라마 편에 연대순으로 희곡을 배치하면서 〈갈매기〉 다음에 〈바냐 외삼촌〉을 자리매김 하였다. 〈희곡〉 선집이 출판된 후에 〈바냐 외

삼촌〉은 많은 지역(오데사, 끼예프, 니즈니-노브고로드, 사라또
프, 찌플리스 등)의 극장에서 성공적으로 공연되었다. 희곡의
성공은 체호프에게 있어 예상하지 못했던 일이었다. 이 희곡
에 대한 1898년 《오데사 신문》의 비평은 긍정적이었다. '영웅
없는 인생', '일상생활의 드라마'라고 하면서 체호프 희곡의 새
로움을 높이 평가하였다. 희곡에 대해 신문 《노보스찌 드냐
(Новости дня)》(1898, No 5898, 5899)는 "우리의 연극사의 괄목
할 만한 작품", "평범한 일상의 올바른 전경"이라고 평가했다.
또한 영향력 있는 신문과 잡지에서는 체호프의 희곡에서 '행
동'의 드라마와 구별되는 '분위기'의 드라마를 발견할 수 있다
고 강조했다.

1900년 3월 28일 소볼레프스끼(В. М. Соболевский)는 체호
프에게 희곡이 가지는 사회적 당면성에 대해서 편지를 썼다:
"최근 2주 동안 골리쩨프(В. А. Гольцев)의 집에서 공부하는 청
년 모임의 대화는 〈바냐 외삼촌〉과 〈갈매기〉에 대해 특별히 집
중되었습니다. 이 두 작품은 극장의 상연 목록을 계속 지배했
을 뿐만 아니라 인텔리들의 정신적인 관습까지도 지배하였습
니다. 이 작품 속에서 생각하는 법과 인생을 이해하고, 출구를
추구하는 법 등을 배우게 합니다. 이것이 바로 작품의 요점이
자 약점을 건드리는 것입니다." (Гос. библиотека СССР им. В.
И. Ленина, Записки отдела рукописей,вып. 8, М. 1941, стр. 61).

　니즈니-노브고로드에서의 희곡 상연 후에 고리끼는 1898
년 11월에 체호프에게 편지를 썼다 : "얼마 전에 〈바냐 외삼촌〉
을 보았습니다. 비록 내가 신경이 예민한 것과는 거리가 먼 사
람이기는 하지만 연극을 보면서 아주머니들처럼 눈물을 흘렸
습니다. 나에게 있어서 이것은 이상한 일입니다. 당신의 〈바냐
외삼촌〉은 드라마 예술의 새로운 형태이며, 당신이 대중의 아
둔한 머리를 때리고 있는 망치입니다. 마지막 〈바냐 외삼촌〉
의 막에서 긴 휴지 후에 의사가 아프리카의 열기에 대해 말하
는 장면에서 나는 당신의 재능과 인간에 대한 두려움과 우리
의 평범하고 거지같은 인생에 대한 두려움으로 인해 전율하였
습니다"(M. Горький, Собр. соч., M. 1954, т. 28, стр. 46). 1898년
12월 3일에 체호프는 고리끼에게 보내는 답장에서 "극장 공연
을 위해 쓰고 싶지는 않습니다"라고 적었다. 이에 대해 고리끼
는 이렇게 답장했다 : "극장 공연을 위해 쓰고 싶지 않다는 당
신의 선언은 나로 하여금 당신을 이해하는 관객이 당신의 희
곡을 접한다는 이 말을 언급하지 않을 수 없게 만들었습니다.
〈바냐 외삼촌〉과 〈갈매기〉는 사실주의가 영감적일 뿐만 아니
라 심오하게 숙고하는 상징에까지 도달한 고양된 드라마 예술
의 새로운 경향이라고 일컫습니다. 나는 이것이 매우 올바른
것임을 확인할 수 있습니다. 나는 당신의 희곡을 들으며, 우상
에게 희생되는 삶에 대해, 사람들의 하찮은 인생에 아름다움

[美]이 개입하는 것에 대해, 근원적이고 중요한 다른 많은 것들에 대해 생각했습니다. 다른 희곡들이 현실로부터 철학적인 개괄까지 인간에게서 추출하지 못한 일을 당신의 작품은 해내었습니다" (М. Горький, Собр. соч., М. 1954, т. 28, стр. 52).

이처럼 체호프의 〈바냐 외삼촌〉에는 '생각하는 법'과 '인생을 이해'하고 '출구를 찾아가는 법', '근원적인 많은 것들'에 대한 관념(자연의 아름다움을 인식하고 자연 파괴를 경고하는 것)이 나타나 있다. 그 뿐만 아니라, '드라마 예술의 새로운 경향'까지 표현되고 있다. 특히 이 작품은 사람들의 생각이 한 가지로 모아지는 것이 아니라, 개별적 인간 각 자가 서로 다른 생각을 품고 산다는 걸 강조한다. 그리고 체호프는 이 작품을 통해 말을 들으려고 하지는 않으면서 말을 하려고만 하는 인간의 특성을 잘 살려내면서 '소통의 문제'와 '대화 가능성의 문제'를 제기한다.

모스끄바 말르이 극장 감독 꼰드라찌예프는 체호프에게 〈바냐 외삼촌〉을 말르이 극장 무대에 올리자고 제안했고, 희곡의 상연을 위한 준비와 검열의 허가를 받기 위해서 극장 문학위원회에 〈바냐 외삼촌〉를 제출하였다. 1899년 4월 8일 스또로젠꼬(Н. И. Стороженко), 알렉세이 베셀로프스끼(Алексей Н. Веселовский), 이바노프(И. И. Иванов) 교수로 구성된 극장 문학 위원회의 뻬쩨르부르그 부서의 회의에서는 희곡을 '수정하고 다시 제출한다는 조건'하에서 체호프의 희곡은 "상연할 가치가 있다"고 인정했다. 위원회의 협약서에는 이 희곡의 '단점'을 다음과 같이 지적하고 있다. 세 번째 막까지 바냐 외삼촌과 아스뜨로프는 하나의 불행한 사람의 유형에 합류하고 있는 것, 엘레나 안드레예브나와의 대화에서 아스뜨로프의 열정이 폭발하는 모습이 전혀 준비되어 있지 않는 점, 자신이 이전에 좋아했던 교수에 대한 보이니쯔끼의 태도 변화가 이해되지 않는다는 점, 보이니쯔끼가 총을 들고서 세레브랴꼬프를 쫓게 되는 자각 없는 상황에 대해 전혀 설명이 없다는 점, 엘레나 안드레예브나의 성격에 대해 '좀 더 많은 설명'이 필요하다는 점, 또한 그녀의 모습이 '관객들의 흥미를 불러일으키지 못한다'는 점, 희곡에서 장황하게 늘어놓는 부분을 삭제해야 된다는 점 등이다.

당시의 이러한 지적들은 역설적으로 우리에게 '체호프 드라마 예술의 새로운 경향'과 더불어 '체호프 드라마 시학의 현대성'을 깨닫게 해주는 것이다.

체호프와 그의 희곡 작품들에 대한 평가는 시간의 흐름과 함께 다양한 양상으로 나타나고 있다. 그 같은 다양한 양상들이 '삶과 인간' 그리고 '현실과 문학'에 대한 우리의 이해를 더 풍요롭게 하면서, 그 지평을 확장시켜 준다. 그리고 체호프와 그의 예술세계가 지금, 여기를 사는 우리 자신과 '소통의 한 공간'을 만들어 주고 있다는 것을 다시 실감케 해 준다.

체호프의 희곡 작품에서는 의미로 가득 찬 기호가 빈번하게 텅 빈 껍데기로 변하면서, 기호의 기호로 작동하기 시작한다. 그럼에도 불구하고 그 기호는 다시 일말의 의미를 보존하면서, 주인공에게 도달하기는 어렵지만, 독자와 독자의 작품 해석에는 중요한 요소가 된다. 텍스트와 기저텍스트 차원에서 드러나는 이러한 특성들이 우리가 체호프의 작품들을 늘 새롭게 인식하는 예술적 차원에서의 중요한 근거가 되는 것이다.

《갈매기》 등 체호프의 희곡 작품들은 여러 차원(층위)에서 '예술의 자율성'을 획득하고 있고, 살아있는 유기체처럼 독자와 자유롭게 만나면서 '적극적인 여백의 미학'을 만들어내고 있다. 따라서 체호프의 시학은 변화되는 다양한 현실 상황들에 맞추어 매번 새롭게 적용할 수 있고, 새로운 해석이 가능한 '현대성'을 담보한 것이다. 이 책에 실린 희곡 《갈매기》를 접하는 독자들도 체호프가 만들어 놓은 '적극적인 여백의 미학'에 한 번 빠져 보기 바란다.

▨ 연 보

1860년   남부러시아의 항구도시 따간로그에서 잡화상 빠벨
과 예브게니야 사이에 3남으로 태어남.

1869년   따간로그 중학교(8년제) 입학.

1873년   따간로그 극장에서 오펜바흐의 오페레타 〈아름다
운 엘레나〉 감상. 이후 이따금 극장에 가서 〈햄릿〉,
〈감찰관〉 등을 관람.

1876년   아버지 빠벨이 신용조합 대출금을 갚지 못해 스스로
파산 선언을 함.
4월에 체호프를 제외한 일가족이 모스끄바로 떠남.
체호프는 중학교를 졸업할 때까지 따간로그에 홀로
남게 됨.

1879년   따간로그 중학교를 졸업하고 모스끄바 대학교 의과
대학에 입학.

1880년   첫 작품 〈이웃집 학자에게 쓴 편지〉를 주간지 〈잠자

리〉에 발표.

1881년 '안또샤 체혼떼', '환자 없는 의사', '내 형의 아우', '쓸
       개 빠진 남자' 등의 필명을 사용하며 유머 단편 발표
       하기 시작.

1882년 친구 소개로 뻬쩨르부르그의 유머 주간지 〈단편들〉
       의 발행자 레이낀과 알게 됨.
       〈시골 의사 선생님들〉 〈망한 일 -보드빌 같은 사
       건〉 등 발표.

1883년 〈관리의 죽음〉 〈알비온의 딸〉 〈뚱뚱이와 홀쭉이〉
       〈최면술장에서〉 〈제목을 고르기 어려운 이야기〉 〈재
       판정에서 생긴 일〉 등 발표.

1884년 모스끄바 의과대학 졸업.
       12월에 첫 각혈. 〈앨범〉 〈카멜레온〉 발표.

1885년 뻬쩨르부르그 보수 신문 〈신시대〉의 발행인 수보린
       과 문단의 원로 그리고로비치를 만남. 〈개와 인간의
       대화〉 〈연극이 끝나고 난 뒤〉 〈게으름뱅이들〉 〈외교
       관〉 〈손님〉 〈꿈〉 〈니노치까〉 〈감옥에 갇힌 경비병〉
       〈사냥꾼〉 〈쁘리쉬베예프 하사〉 〈슬픔〉 등 발표.

1886년 단편 〈추도식〉을 처음으로 안톤 체호프라는 본명으
       로 발표.
       그리고로비치의 충고 받음.

단편집 《잡다한 이야기들》 출판.

단편 〈우수〉 〈아뉴따〉 〈아가피야〉 〈반까〉 등 발표.

1887년   남러시아 초원 여행.

4막극 〈이바노프〉 집필.

작가 꼬롤렌꼬와 처음 만남.

단편 〈적〉 〈베로치까〉 〈행복〉 〈티푸스〉 〈입맞춤〉 등 발표.

1888년   순수문예지 《북방통보》에 중편소설 〈초원〉 발표.

크림, 까프까즈, 우끄라이나 여행.

단편집 《황혼》으로 러시아 학술원에서 뿌쉬낀 상 수상(꼬롤렌꼬와 공동 수상).

작가 가르쉰 추도 기념문집에 〈발작〉 기고.

1889년   뻬쩨르부르그 알렉산드린스끼 극장에서 〈이바노프〉를 초연하여 호평 받음. 둘째형 니꼴라이가 폐결핵으로 죽음.

7,8월에 오데사, 얄따 여행.

중편 〈지루한 이야기〉 집필.

사할린 섬 여행 준비.

1890년   사할린 섬 여행을 위하여 시베리아와 극동에 대한 자료 조사.

4월 사할린으로 출발.

7월 사할린 도착. 3개월 동안 사할린 섬의 실태를 조사.

10월 동지나해, 인도양, 수에즈 운하, 오데사를 경유하여 모스끄바에 도착.

단편 〈도둑들〉 〈구세프〉 등 발표.

1891년 사할린의 학교, 도서관을 위한 도서 수집.

3월 유럽 여행 떠남. 빈(비엔나), 베네치아(베니스), 로마, 나폴리, 몬테카를로, 파리를 둘러보고 5월에 모스끄바로 돌아옴.

중편 〈결투〉 완성. 〈사할린 섬〉 집필.

가을에 기근이 들어 구제활동 펼침.

1892년 3월 모스끄바 근교의 멜리호보로 이사.

11월 〈6호실〉을 《러시아 사상》지에 발표.

1893년 〈사할린 섬〉을 《러시아 사상》 10월호부터 다음해 7월호까지 연재.

〈큰 발로쟈와 작은 발로쟈〉 등 발표.

1894년 3월 똘스또이즘과 결별.

요양차 크림 여행. 7월에 유럽여행.

모스끄바 지방 법원 배심원으로 뽑힘.

《러시아 통보》지에 〈롯실드의 바이올린〉 〈신학생〉 〈문학선생〉 〈검은 수사〉 발표.

1895년   8월 처음으로 야스나야 폴랴나의 톨스또이를 찾아감.

            11월 〈갈매기〉 탈고. 〈철없는 아내〉 〈아리아드네〉 〈목에 걸린 안나 훈장〉 등 발표.

1896년   3월 모스끄바 하모브니끄의 톨스또이 집을 방문. 《러시아 사상》 4월호에 〈다락방이 있는 집〉 발표. 12월 알렉산드린스끼 극장에서 〈갈매기〉 초연.

1897년   멜리호보 인근 마을 노보셀끼예 초등학교를 지음. 2월 국세 조사 활동. 3월 결핵의 악화로 입원. 톨스또이가 문병옴. 4월 《러시아 사상》에 〈농군들〉 발표. 〈바냐 외삼촌〉 발표.

1898년   《신시대》지의 반드레퓌스적 태도에 분개하여 수보린에게 반박 편지 씀. 〈상자 속 사나이〉 〈나무딸기〉 〈사랑에 대하여〉 〈이오느이치〉 발표. 멜리호보를 떠나 얄따로 이사.

            올가 끄니뻬르와 알게 됨. 10월 아버지 빠벨 사망. 고리끼와 서신 교환. 12월, 모스끄바 예술극장에서 〈갈매기〉를 상연하여 대성공.

1899년 3월 고리끼의 방문 받음.

4월, 톨스또이의 방문 받음.

5월 모스끄바 예술극장 〈갈매기〉 상연.

〈용무가 있어서〉, 〈개를 데리고 다니는 부인〉 발표.

1900년 1월 러시아 학술원 명예회원으로 뽑힘. 〈골짜기에
서〉 발표. 〈세 자매〉 탈고.

1901년 이탈리아로 여행(피사, 피렌체, 로마).

5월 올가 끄니뻬르와 결혼.

1902년 2월 따간로그 도서관에 도서 기증.

4월 〈주교〉 발표. 〈벚꽃동산〉 집필.

1903년 1월 늑막염 발병.

4월, 〈약혼녀〉 탈고.

1904년 1월 모스끄바예술극장에서 〈벚꽃동산〉 초연.

6월 올가 끄니뻬르와 함께 요양차 독일의 바덴바덴
으로 떠남.

7월 2일 숨을 거둠.

7월 9일 모스끄바 노보제비치 수도원 묘지에 묻힘.

옮긴이 소개

한국외국어대학교 노어과 졸업. 레닌그라드 국립대학교 석사.
러시아 국립 사범대학교(게르젠 사범대학교) 박사.
현재 선문대학교 러시아학과에서 강의.
러시아 시(詩)와 희곡에 대한 연구를 하고 있으며,
역서로는 《누구에게 러시아는 살기 좋은가》, 《세 자매》, 《벚꽃동산》,
《바냐 아저씨》, 《안톤 체호프 선집》 등이 있음.

갈매기

| 발행일 | 초판 1쇄 발행 | 2009년 2월 20일 |
| | 초판 13쇄 발행 | 2024년 12월 10일 |

지은이	안톤 체호프	옮긴이	홍기순
펴낸이	윤성혜	펴낸곳	종합출판 범우(주)
디자인	김지선	인쇄처	상지사

등록번호 제 406-2004-000012호(2004년 1월 6일)
        (10881) 경기도 파주시 광인사길 9-13 (문발동 525-2)
대표전화 031-955-6900   팩스 031-955-6905
홈페이지 www.bumwoosa.co.kr
이메일 bumwoosa1966@naver.com

ISBN 978-89-91167-48-3 03890